# 唐師

## 肆章

### 禍起蕭牆

The Master of Tang Dynasty

離人望左岸 著

# 目次

## 第一百零四章

# 魏王盛宴相聚芙蓉

且說李世民將徐真召見於丹霞殿中，又和著李明達，三人海闊天空漫談了一番，多有歡樂，大概擔心如此良辰一去不返，李世民從頭到尾都沒有提及立儲之事，徐真也不打算蹚渾水，樂得自在，三人自是盡歡而散。

神勇伯爵府歷經侯破虜一番燒殺，雖已修繕整頓，卻難免蕭索，一干僕人又都換了生面孔，好在張素靈與摩崖四處遊走，並未留於府中，否則說不得早遭了殘害。

徐真回到之後，張久年這位大管事就封上了諸多拜帖，其中有兩封卻不得不提，因是分別來自晉王李治和魏王李泰的邀帖。

這也並未出乎徐真所料，從齊州平叛回來之後，他與李勣走得近了，又孤身勸降了李祐，平白得了這許多功勞，若非出師前受過一次封，今次說不得還要再封，早已引得諸多武將妒恨。

到了朝堂之上，為了給李承乾開脫答辯，給了聖人一個臺階，又提及教育之事，將一干文臣也得罪個不輕，如今徐真算是朝堂上的孤家寡人，除了李靖和尉遲敬德這類無欲無求的老臣，也就李治和李泰兩兄弟敢邀請他上府作客了。

雖然徐真早知李治會最終勝出，但說實話，他對李治並無太多好感，從吐谷渾回來之後，這李治就已經與徐真相識，然而這些時日以來，徐真卻對李治沒有太過深刻的印象，終覺此人庸碌無為。

反倒對多才博學的李泰，徐真的興趣更為深厚一些，沉吟了一番，徐真也就打定了主意，讓張久年回了帖，翌日就帶著凱薩和張素靈以及周滄等一干親人，到那魏王府去看看。

魏王居於延康坊，早在貞觀十四年，聖上即親臨魏王府邸，並因此而特赦了雍州及長安死罪以下的囚犯，又免去了延康坊百姓一年的租賦，賞賜魏王府官員及同住一坊的老人許多東西。

而後又將前朝離宮芙蓉園賜與了魏王，這芙蓉園乃是長安之勝景，大名在外，號稱「居地三十頃，周回十七里」，可見聖人對魏王之寵愛。

或是為了避免諸多嫌疑，魏王並未在主府接見徐真，而是將地點設在了芙蓉園之中。

神勇爵府雖然不算窄小，但又豈可與芙蓉園相提並論？一干弟兄們自以為入了京城，見慣了繁華，然而進了這芙蓉園，才曉得自己不過是井底之蛙罷了。

但見園中廣廈修廊，連亙屈曲，其地延袤爽塏，跨帶原隰，又有修竹茂林，綠被岡阜，東阪下有涼堂，堂東有臨水亭，博大之中不失細膩，恢宏而不缺溫婉。

由於是覲見大王，諸人也不敢放肆，雖是常服裝扮，卻是連周滄這等粗人，都曉得要乾淨整潔一些。

王府執事一路引導，沿途美婢如花蝶穿梭，讓人流連忘返，兜兜轉轉這深沉庭院，才來到了園中一處景致，臨水有樓，名曰彩霞，一如水中仙子般讓人驚豔。

魏王早已在樓中擺下宴席，囊括山海鮮味，又有文人雅士和知心美婢作陪，靜候著徐真的到來，見得徐真一行越發靠近，魏王笑若春風，和煦喜人，下樓來迎。

徐真也是知禮數的人，連忙稱罪道：「徐某野蠻卑微，怎敢勞煩大王親迎，莫折煞了吾等！」

卻說這魏王雖腰腹洪大，但面容卻極為清秀俊美，給人一種極大的視覺反差，若非肚腹肥圓，也該是個風流倜儻的奇美男子了。

起手溫熱肥厚，滿身奇香，抓了徐真手腕，親熱熱如弟兄，但稱徐真有功於皇家，即是有恩與他魏王，多得徐真照看兕兒，一直未得相報，今日正當良時也。

樓中一幫文士多有骨節，個個風範，對徐真並無奉承，卻真誠以待，毫無矯揉造作之態，讓人頗為舒暢泰然。

然則周滄等輩多武士，腹中無點墨，與這些個文士並未有過多交集，魏王也是體貼，將周滄等人引到了另一席位之上。

這席上並無他人，僅有一蒼髮紅臉的老者，周滄等人見了卻面色大訝，恭敬行禮道：「尊者可是河南宗師魏無臣？」

那老者見周滄眸子明亮，面目依稀，微微睜開雙目來，上下打掃了一番，驚喜道：「這位小朋友面容親得很，可是洛陽刀聖周微光子侄？」

周滄見得老者提及先人名諱，頓時大喜道：「老叔叔在上，小子正是周微光賤子周滄！諸多兄弟，這位就是我日夜提及的武道宗師魏老爺子了！」

一干人聽了名號，紛紛入席，卻是熱鬧了起來，這魏王李泰果是個做大事的人，早已將徐真這邊打探清晰，也算是有心結納了。

徐真隨魏王入了主席，又有魏王府的夫人過來，將凱薩和張素靈引入內院去賞景吃茶，好生伺候。

張久年自與周滄等人坐了一處，摩崖年長，謙讓不過，與徐真一同就坐。

賓主各自安樂，魏王祝了酒，各自暢飲不提。

徐真雖然是軍伍出身，但依仗現世的知識，對文史也有所領悟，言語之間旁徵博引，諸多文士也不敢輕視，反倒對徐真另眼相看，酒席也是熱鬧。

魏王趁著酒興，又使人獻上一方精美木櫝，送到了摩崖的面前來，笑著道：「本王向來喜歡收藏典籍，聽聞老上師乃祆教長老，這裡有一部西域聖經，正好送給老上師，還望上師不要嫌棄。」

摩崖連連推辭，搪塞不過，這才受了，當場開了一看，頓時驚呆了去，那木盒之中所珍藏著，乃祆教聖使阿拉索貼身之物，本身價值拋開不談，單是阿拉索真跡，就足以價值連城矣！

如此這般，摩崖哪裡敢受領，慌忙推辭，卻被魏王強壓了下來，又有一名王府才俊，通曉祆教歷史，與摩崖相談甚歡，少頃就領了摩崖，入了王府典藏閣，多有搜羅。

席間文士亦紛紛藉故離開，將說話的地方讓給了魏王和徐真。

徐真又豈能不明了魏王有心結交？只是他深諳歷史軌跡，這魏王註定了要失敗，雖榮寵滔天，但最終落敗與李治手下，也是讓人唏噓。

從本心而論，這魏王才能，確實遠超平庸的李治，但李治身邊有長孫無忌這樣的老謀臣，實在太過難以抗衡，就算徐真有心相助，卻也不可能改變歷史。

李泰也不提及敏感，只笑著問計於徐真道：「前日徐將軍在朝堂之上提點學問之事，本王深有同感，有心操持一些文事，卻想聽聽徐將軍的高論，還望將軍不吝賜教才是。」

徐真連稱不敢，但確實有些心動，這魏王的氣度實在讓人折服，收了人家如此多的好處，不回敬一番，也實在說不過去，遂笑答曰：「不敢賜教，徐某雖出身魯莽，並無點墨，但對於這文事，確實有個小小的念想，不如說道說道，大王權且一聽，不要笑話才是。」

李泰本就是個才高八斗的學士，又豈會真的珍惜徐真這等征伐武將的文見？只不過想要借此話題，拉攏徐真罷了。

然而聽徐真如此一說，他也燃起興致來，連連稱善。

徐真好整以暇，而後才緩緩建言道：「常言武無第二，文無第一，但亦不乏傳世之名家，故而文事也要分個好歹，以供世人瞻仰，大王不若利用文學館的諸多資源，置榜以評文學宗師，凡民間大儒，朝廷閣老，只要學識足夠，皆可入榜，自古文士多桀驁，有了這榜單，諸多地方爭先勇為，必能使得天下文氣活躍起來！」

「設置榜單？」魏王李泰先是眉頭一皺，但很快就心頭緊張，一番沉吟之後，雙眸陡然爆發精光來，就好似被打開了另一個世界的大門，看到了前所未有的景致！

這朝廷科舉也講個名次，榜單之流卻不是新鮮之物，然徐真所言，卻是為科舉以外，又多了一條招納人才的路途！

魏王既然動了心，就纏著徐真講個詳細，後者也是引起了興致，將自己的方案都傾倒了出來。

按照徐真的意思，可仿照聖上所制的凌煙閣二十四功臣，評定天下文學宗師，卻是命精巧畫工，著像於紙上，命書局刊行發佈，由天下文人來公評！

徐真實則利用了現世卡牌的原理，將這些個上榜的文學宗師都繪圖於卡牌之上，小巧精緻又別出心裁，必定能夠在文人之中傳頌，甚至於引發全民文學之熱潮！

魏王李泰果是癡迷文學的人，送走了徐真一行之後，連夜將諸多才俊召集起來，將徐真的看法又精進改良，提出諸多補充和完善，竟然真的付諸行動了！

李泰又將這個想法告之岑文本，得到了這位元大儒的極高評價，連忙將方案獻了上去，聖人本就寵愛魏王，見得這提議別出心裁，又借鑒了二十四功臣的創意，龍顏大悅，准允魏王府的別館開始執行，一時間竟然引發轟動，成為文學界的一大盛事！

李泰也沒有忘記徐真的功勞，在聖人面前更是謙遜地為徐真說話，聖人有感於自家兒子誠實而不貪功，越發喜愛魏王，多有讓徐真輔佐李泰的想法。

朝廷的諸多臣子見聖人如此態度，也是自覺小看了徐真，當初就不該冷落徐真，如今徐真越發的得勢，妒恨和暗中爭鬥已經不合時宜，反倒該主動結識才好！

這事情很快就落入了李治的耳中，他自問對徐真並無怠慢，怎地徐真就跑到魏王那邊去了？

心頭猶疑之下，他就找到了舅舅長孫無忌，後者卻是個陰狠的老狐狸，聽聞之後，對徐真卻是產生了忿恨！

第一百零五章

# 高麗吐蕃相繼來擾

前番說到徐真替魏王李泰出了一道文事計策，引發了一樁文學的盛事，使得聖人越發青睞寵愛魏王，這讓晉王李治頗感不安，遂與長孫無忌謀劃，後者卻將徐真視為眼中釘。

這長孫無忌出身河南長孫氏，自幼被舅父高士廉撫養成人，與聖人乃是布衣之交，而後聖人娶其妹，是為文德聖皇后，又結下了姻親，高祖起兵後，長孫無忌隨當今聖人四處征戰，成為心腹謀臣，而後更是參與策劃玄武門事變，將當今聖人推上了龍座。

也正因這等大功，長孫無忌歷任左武侯大將軍、吏部尚書、尚書右僕射、司空、司徒、侍中、中書令等等重大官職，受封趙國公，在凌煙閣功臣之中更是位列第一，可謂一人之下萬人之上矣！

長孫無忌自恃功高權重，也懶得直接教訓徐真，與房玄齡等一干支撐李治的老臣宴飲之時，言語之間難免透露出不滿，說道徐真乃武將，不思拓疆擴邊，反倒擾亂文事，實在有失體統云云。

這些個老臣畢竟都是人精，也不知誰將這事洩露給李勣知曉，李勣在齊州平叛之時，已然對徐真刮目相看，又無私相授，心疼徐真前途，遂將徐真召入府中，勸說了一番，但求徐真馬上取功，心無旁騖則已。

徐真自然知曉自己已然得罪了長孫無忌，卻是覺得這李治格局未免太小，哪怕最終登了大位，也要受長孫無忌把持，心裡也頗不是滋味。

不過畢竟同朝為官，這長孫無忌也不敢擅自加害，反倒魏王和晉王之間摩擦不斷，今日你舉行了文學盛事，明日我就來個全新的舉措，紛紛在聖人面前爭寵。

然而對於立儲一事，聖人還是遲疑不決。

三月未央，江山早已大好，到處鶯飛草長，萬里沃土生機盎然，眼看著又是一個豐收的好年景，徐真卻收到了一封密信。

自從胤宗和高賀術等人到了幽州之後，邊境衝突不斷，他們也是跟隨著營州都督張儉，在高句麗的邊境上探查地形和搜索情報，謝安廷和秦廣、薛大義等將，皆有軍功斬獲，如今已成為軍中之棟樑。

密信上說高句麗和百濟已經聯合兩國軍隊，開始了對新羅的戰爭，新羅對大唐多有臣服和朝貢，乃大唐忠實屬國，其善德女王已經傳書過來求援，聖人佈局已久，說不得很快就會發動征伐高句麗的戰爭了！

徐真收得密信，心裡也是擔憂，前大隋之所以滅亡，其中很大一個原因就是隋煬帝對高句麗連年征戰，使得國力銳減，民心喪失，大唐雖然富饒，但戰爭一旦掀起，又不知有多少兒郎要喪命了。

雖然徐真清楚唐征伐高句麗的最終結局，但如今時局有變，聖人遲遲未立儲君，這與史料記載完全不符，讓徐真不得不擔憂此次征伐的結局是否會因此而改變。

若征伐高句麗之前，聖人還未立儲，那麼待得聖人親征高句麗，晉王李治和魏王李泰，該如何處置？

亦或者聖人必有遠見，定然在御駕親征之前，將立儲一事給定下來，可以眼前局勢而言，李治並無勝算，反倒是魏王李泰的贏面要多一些，若果真如此，那麼歷史的軌跡就將發生變動，而這一切，皆因為徐真給魏王奉獻了一條好計策！

如此一來，徐真又開始擔憂起來，自己的一言一行，果真對這大唐產生了極為關鍵而密切的影響，不得不盡力去消除這些影響，否則後果實在不堪設想。

可如今他已經得罪了李治和長孫無忌，就算自己有心改變局勢，總不能厚著臉皮到聖人那裡去給李治說情吧？

再者，以聖人對李泰的寵愛，朝堂之上又有誰敢說李泰半句壞話？

為今之計，只有找到李勣，讓李勣說服聖上，推遲征伐高句麗，以期李治能夠追趕上來，足以跟魏王分庭抗禮，否則這大唐的第三位皇帝，就真要換了李泰去做了。

李勣經歷過隋唐戰爭，自然知曉高句麗的隱患，早在高祖年間，唐朝還未拓展，高祖就努力與榮留王修好，雙方交換戰俘，榮留王更是接受了唐的年號，高祖遂冊封榮留王為遼東郡王、高句麗王。

而本朝聖人上位之後，也繼承了高祖的策略，繼續與高句麗維持著友好的關係，然而聖人畢竟是征伐四海的千古一帝，自以為高句麗佔據之遼東，自古乃漢人領土，如今九瀛大定，唯此一隅不安，聖人早已將征伐高句麗，作為統一華夏的最後部分。

聖人嘗遣使出訪高句麗，卻發現高句麗私藏眾多前朝兵將，若非聖人擔憂勞民傷財，動了根本，早已攻打高句麗了。

可前兩年，榮留王高建武和諸多大臣密議誅殺淵蓋蘇文，卻被設計反殺，淵蓋蘇文遂立其侄子高寶藏為王，自封大莫離支，操控高句麗的軍政大權，聖人本欲攻打，卻被長孫無忌勸阻了下來，只能冊封寶藏王為遼東郡王，授上柱國，雖是如此，聖人心中卻早已決定，必征伐高句麗。

直至去年，高句麗花費了巨大的人力物力，在沿唐邊境修築了高句麗長城，自扶餘城至渤海，長千餘里，想來聖人已經很難再容忍下去了。

徐真聽了李勣的分析之後，心中越發擔憂，如今百濟聯合高句麗攻打新羅，聖人必定遣使，令得高句麗和百濟停止戰爭，若淵蓋蘇文違抗聖人命令，聖人說不得就要對高句麗用兵了！

李勣知曉徐真在擔憂立儲之事，但他本人是支持征討高句麗的，若這次聖人御駕親征，李勣必定請命而行，他也希望徐真能夠一同前往，在遼東做一番大的功績，故而寬慰徐真無需多慮，直言聖人心中或已有所決斷，內患不除，聖人想是不會輕易出兵的。

徐真只能苦笑，聖人倒是有了決斷，就怕這決斷是將魏王李泰推上太子的席位，如此一來，徐真就不知該如何是好了。

事到如今，徐真也只能給一幫軍中兄弟回信，讓他們好生爭取，多打勝仗，好讓聖人安心，不會太早出兵。

可就在這個節骨眼上，西邊又傳來戰報，說是吐蕃蠶食了吐谷渾絕大部分領土，其新王松贊干布接連擊敗党項和白蘭羌，直逼大唐境內的松洲，並派人前來求親，揚言若不和親，就要率兵大舉入侵唐境！

徐真得了這軍情，不免想起吐谷渾之戰後，逃亡吐蕃的大隋光化公主和謀士慕容寒竹，直覺總在暗處騷動，使得徐真不得不認為吐蕃此舉，絕對跟這兩個人脫不了干係！

以聖人的脾性，又豈能容忍吐蕃這般跳梁小丑一樣的姿態，說不得早已派了大軍，將這吐蕃碾壓成齏粉！

然而這一次，聖人卻有些遲疑，而這份遲疑，應該是來自於還未在晉王和魏王之間做出抉擇，又心掛著征伐高句麗。

若不能儘快解決吐蕃和立儲的問題，聖人又怎能安心去御駕親征高句麗？

這吐蕃前前後後已經求親被拒六七次，也難怪會發火，這一次選擇的倒是好時機，若說沒有絕世謀臣相輔，真教人打死了也是不信的。

朝議了幾次之後，聖人仍舊有些拿不定主意，諸多文武也是各持己見，整日爭論不休，大有逼迫聖人先立儲之勢，徐真心裡越發擔憂。

這日正與凱薩和張素靈小酌，神勇爵府卻迎來了一位意想不到的客人，竟然是李無雙！

雖然李無雙從頭到尾沒看得起徐真過，但徐真也不在意，可這個節骨眼上，這丫頭找上來門，該是聖人決定答應吐蕃的求親了，因為李無雙這丫頭，不正是那嫁到吐蕃去的文成公主！

果不其然，李無雙遲疑了一番，見得徐真將凱薩和張素靈遣散開，終於說明了自己的來意。

原來這李無雙深得李道宗寵愛，在甘州之時，又見過松贊干布一面，當時雖然松贊干布只是跟徐真打交道，但她和李明達卻知曉松贊干布的身份，故是不喜，不願嫁到吐蕃這等偏遠山野去。

如今聖人果真有答應求親的跡象，並已經在諸多宗室郡主之中搜羅人選，雖然郡主人數眾多，但年歲和資歷符合條件的卻是不多，李無雙無疑成為了最適合的人選之一。

為此，李道宗會極力向聖人諫言，拒絕和親，並將主動請纓，帶軍擊潰吐蕃的挑釁，以彰顯我大唐國的浩蕩天威！

然而如今聖人的心思顯然不在吐蕃這邊，諸多文武斷然不會支持李道宗的提議，但如果徐真站在李道宗這邊，聖人說不得就真的會拒絕和親了！

徐真聽了李無雙的請求之後，心裡也是苦笑不已，他不希望發動戰爭，因為戰爭總會帶來死亡和傷害，然而有時候，尊嚴卻比生命更重要，若答應了吐蕃的求親，固然能夠避免戰爭，也能夠為西北帶來和平和安定，讓聖人能夠心無旁鶩地親征高句麗。

但若真的答應了和親，也就等同於向吐蕃示弱，這樣一來，吐蕃勢必小覷大唐的勇氣，又有慕容寒竹這樣的謀士在挑唆，又怎敢保證他不會趁著大唐征伐高句麗，而大舉入侵唐境？

雖然李無雙的想法有些幼稚，但徐真還是答應了下來，先許諾她，待李道宗諫言之時，必定會站在他的身後，但徐真自己心裡清楚，哪怕打退了吐蕃，為了懷柔安撫，使得後患無憂地攻打高句麗，到了最後，聖人還是會將一名郡主給嫁過去的，只是人選還是不是李無雙，那就不敢妄言了。

李無雙聽得徐真答應自己，心頭也是大喜，她從未覺得徐真有這麼討喜過，臨出門之時，終於扭過頭來，紅著臉說道：「喂，謝謝……」

# 第一百零六章 道宗請戰徐真力挺

自古父母多情深，豈不聞舐犢之深切，吳樹燕雲斷尺書，迢迢兩地恨何如？夢魂不憚長安遠，幾度乘風問起居。

若李無雙嫁到了吐蕃去，今生今世，又如何再見一兩回？這姑娘家雖然喜愛舞槍弄棒，到底是個思家思父母的嬌貴丫頭，真個兒嫁到了吐蕃去，雖榮寵尊貴，到底是孤獨異客，免不得老死在外，怎叫父母不疼惜？

河廣難航莫我過，為之安否近如何，暗中時滴思親淚，只恐思兒淚更多！

李道宗捨不得這女兒，李無雙又如何放得下自家父母？一時間淒淒切切，生在帝王家，多有身不由己，但作為皇家宗室，許多時候亦是做不得自家的主，為官多圓滑的李道宗，今次卻不得不逆流而上，為自家姑娘爭取一番！

聖人近日多煩憂，二子相爭無結果，心中兀自左右為難，高句麗之情勢同樣刻不容緩，如此才聽取了朝臣的諫言，暫時任由吐蕃放肆一回，搜羅宗室之女和親息事，心裡頭卻頗不舒暢。

他李世民征伐半生，何曾示人以弱，東西突厥、吐谷渾、回紇等諸多異邦，哪一個不是俯首稱臣，偏這吐蕃如此逼迫，縱使尋常人家，以嫁女來求和，亦是一樁恥辱，又何況堂堂大唐天國上邦？

為了這事情，李世民也是心中多有懊悔，然而君子一言九鼎，語出擲地有聲，前日才說了同意和親，又豈有今日反口之事？

這日大朝，諸事議論完畢，李道宗終於出班而表奏曰：「臣有事啟奏聖聽，而今內外事多，實不該提及，然心中眷顧國威，卻是茶飯不思多日，今日也就斗膽請聖人垂聽……」

李道宗說得真切嚴謹，諸文武無不側耳，聖人也是心中疑惑，這李道宗前者因貪墨而被罷黜，過後才復用起來，到了吐谷渾又建立了好大一番功勞，這才重見於朝廷，凡事也不敢爭先恐後，只顧著埋頭低調，今日怎地如此作態？

「皇叔有事儘管奏明，諸多愛卿一同參詳則個。」

長孫無忌等老謀臣見李道宗這軟骨頭居然硬朗了起來，心知他要提及吐蕃之事，一個個以眼色相溝通，多有聯合抵制之意。

果不其然，李道宗也不賣關子，開門見山道曰：「聖上英明，目下大唐聲威並重，遠播于四海，萬國來朝，無不臣服，這吐蕃雖非彈丸之地，但也是一個個野蠻生人，無甚教化，堪稱烏合之眾，卻寇邊以求親，臣以為此非求親，實乃逼親！若我大唐示敵以弱，今後少不得震懾不住，今日有吐蕃逼親得果，他日必趁機侵犯我天朝國威，諸多番邦異族又如何看待？」

「雖知陛下體恤子民，不願勞師動眾，傷了民力根據，然為了以儆效尤，說不得要敲山震虎，免得讓這吐蕃開了先例，使得諸多小國野人都以為我大唐安生懼戰！臣不肖，願請為先鋒，驅逐吐蕃野人，以振國威！」

李道宗說完，微微抬起頭來，雙目之中盡是熱切的希冀和戰意！

李世民為這吐蕃之事，心中正懊悔不已，這幾日也沒個貼心的臣子提及，還以為諸多武將都偏安一隅，不願征伐，今聞皇叔上表請戰，心頭頓時激奮，然表面上卻不置可否，丟給了諸多文武。

「眾位卿家以為皇叔之言如何？」

長孫無忌等一幫老臣早已溝通完善，此番一個個深埋著頭，並不表態，卻是暗中掇使幾個不甚要緊的小官小吏，諫言聖上以立儲和遼東大事為重，年前才平蕩了吐谷渾，餘威尚存云云。

聖人見如此熱血之時，一干武將竟無一人應答，心中不禁憤慨，正欲發作，卻見一人長身而出，朗聲道：「徐真附議，願為李將軍馬前之卒，驅逐吐蕃，以振天國上邦之聲威！」

諸多老謀臣子聽聞徐真之言，一個個咬牙切齒，心中暗罵道：「豎子恁地如此多事！」

這些人經歷風雨太多，深知大唐如今之繁盛得之不易，而國君乃根本所在，若立儲之事久久無定論，其他事情再如何籌謀，也是無法心安。

然他們卻沒有徐真這般的眼力，所謂立儲，所立者無論是魏王，還是晉王，皆為李家親血，聖人雖左右搖擺，但心中或許早有底氣，只不過尚需時日來緩和罷了，諸多臣子卻為了自家權益而日夜相逼，又如何能得聖人歡心？

李世民見徐真出列力挺，眼角頓時浮現笑意，拍於龍座之上讚了一句：「我道朝中已無英豪，徐將軍果真讓朕欣慰！」

其時徐真雖平叛齊州有功，然出師之際已經封了上府折衝都尉，這年前年後不足四個月，卻也不便於再次封賞，然而諸多弟兄和熟人，文武百官的面上，也都玩笑調侃，稱呼一聲將軍。

但今次卻不同，今次卻是聖人親口稱徐真為將軍，這是要真個兒封他徐真一個將軍不成！

長孫無忌本欲諫言阻攔，然察言觀色，審時度勢，卻發現自己錯會了聖人之意，原來聖人並非那麼擔憂立儲之事，反倒對吐蕃耿耿於懷，卻是早已動了戰意！

到了這等時機，長孫無忌卻遲疑了起來，這徐真已經幫了魏王一次，雖然之後不再有所動作，但此子詭思異想實在太多，若真留在長安，怕是經不住魏王的拉攏，不如將他推到吐蕃戰場上，遠離了長安，這邊才好排擠魏王！

況且那吐蕃大軍也並非浪得虛名，前方戰報送將回來，說那吐蕃發兵橫掃吐谷渾、党項和白蘭羌，到了如今，號稱二十餘萬進軍松洲（今四川松潘，治嘉城）西境，遣使進貢金帛，強稱迎娶公主，那都督韓威匆忙率軍出戰，卻是大敗而歸，羌族首領、唐闊州刺史別叢臥施、諾州刺史把利步利相繼降了吐蕃。

這徐真雖有些伎倆，但胤宗和高賀術、薛大義、謝安廷等一眾死忠護衛，如今都到幽州與營州，追隨營州都督張儉，警戒高句麗方面的軍情，身邊除了周滄等一十四紅甲衛士，再無他人保得他周全！

若將徐真推到吐蕃去，給他個先鋒軍的職務，少不得親冒刀矢，若再安插一兩個得力的能人在軍中，說不得這徐真就永遠回不來長安了！

短短眨眼之間，長孫無忌已經將諸多因素都考慮周到，待得出班之後，開口卻轉了個口風，不再阻擾李道宗，也不壓制徐真，反而力排眾議，支持道。

「承范（李道宗表字）所言甚是，今日縱容吐蕃，必成他日之大患，我大唐當揮師蕩寇，以壯國威！臣以為徐真都尉年少有為，前番征討吐谷渾又有奇功，對周遭地勢異常熟悉，今次足可獨當一面！」

長孫無忌此言一出，諸多文武卻是不明所以，皆不知這老狐狸在耍些什麼詭計，前番分明視徐真為肉中釘眼中刺，如今卻又吹之捧之，莫不成學了那侯君集，打算捧殺這徐真？

若果真是如此，長孫無忌也太過狹隘，需知侯君集當初也想著捧殺徐真，卻讓徐真在吐谷渾戰場之上殺出一條血路來，屢建奇功，深得李靖和聖人賞識，卻是平白為他做了墊腳石！

然而他們轉念來想，這徐真如今孤家寡人，也就剩下十四近衛在身，只要長孫無忌與契苾何力溝通一番，使周滄等人無法隨徐真出征，又有誰人能保護其左右？

念及此處，這些人一個個又開始活絡起來，紛紛支持長孫無忌的言論，李世民頓時大喜，即命李道宗為當彌道行軍大總管，右領軍大將軍執失思力為白蘭道行軍總管，左武衛將軍牛進達[1]為闊水道行軍總管，右領軍將軍劉蘭為洮河道行軍總管，徐真為松洲諸府統軍，加忠武將軍，隨軍抗擊吐蕃大軍！

前者李道宗親自請戰，得了大總管也無可厚非，執失思力等人都是能戰的猛將，又有聲名，同樣是當之無愧。

徐真已是正四品上的上府折衝都尉，可領兵一千二，統領一府軍兵也是理所當然，可聖人加了個忠武將軍給徐真，雖然只是一個武散官的號，但徐真卻已然成為了實至名歸的將軍！

事到如今，還有誰敢懷疑當今聖人對徐真的重視和恩寵。

李道宗並不知曉女兒李無雙私下找過徐真，他只道徐真忠勇於國，這才力挺他出戰，未免心懷感激，想起當初在鄯善與徐真相識，心中也是唏噓不已。

當初的徐真只不過是個親兵隊正，拚死了守護晉陽公主，如今終究是羽翼豐滿，成為了統軍一方的人物了！

徐真也沒想到自己真的得了忠武將軍的銜，與李道宗等人慌忙謝恩，當場表態，必將吐蕃掃蕩踏平！

聖人好生撫慰激勵一番，大喜退朝，李無雙收到消息之後，見徐真言出必信，心頭感激，又與李明達說了徐真這份情誼，對徐真大大改觀，然而李明達卻擔憂徐真上戰場，心頭難免抑鬱。

長孫無忌緊鑼密鼓，派了要緊的心腹人去契苾何力那裡溝通，妄圖將周滄等人留在長安之中，然契苾何力與徐真是何等交情，他是個死忠於李世民的人，史料記載，李世民去世之後，這契苾何力還要自願求著殉葬，長孫無忌又豈能說得動他！

註

1 唐朝大將，《隋唐演義》、《説唐》、《興唐傳》中尤俊達的歷史人物原型。

# 第一百零七章 拜會諸友準備出征

自古明君效舜堯，若非國情所迫，誰不想子民安居樂業，卻去做那窮兵黷武的勾當？眼下大唐雖開國短短十數載，卻造就了貞觀之繁盛，此等功績，足以千古傳誦，又何必再爭些許戰功？

夫君子生於亂世，事必有所不為而又有所必為，蓋因時勢造英豪耳，如今世道安穩，聖人卻仍舊四處出兵，確實有些說不過，但每戰每勝之下，反倒凝聚了民心，將這國計民生都運轉得生機勃勃起來，久而久之，唐人也變得尚武好戰，不容這些異族宵小來鬧騰。

雖對外和親乃寬容國策，體現天國上邦之浩蕩恩澤，囊括四海，然我朝聖人不賜，卻由不得爾等來強奪，如吐蕃這般兵臨邊境，強要恩澤，如何讓人不憤慨？

民眾早知如此，多有喧囂，今日得問唐軍即將出征吐蕃，自有那熱血男兒投軍從戎，軍部衙門一時間熱鬧非凡。

徐真出征在即，也有許多事情需要安頓，先拜見了退居養老的李靖，後者年事雖高，但修練內功，吐納有方，養生有道，精神矍鑠，身子硬朗，與徐真暢談沙場，這段日子來，將畢生謀略精髓，一併傳與徐真。

且說李靖長子李德謇，沉迷工巧之時，自有一番前途，次子李德獎卻滿身英氣，愛結交草莽任俠，慢慢退出了官場，又有另一番際遇[2]，大唐軍神李靖的韜略陽謀，也沒個傳承，早已將徐真當成了知心弟子。

談及兩個兒子，李靖難免有些嘆息，取過一隻木盒來，交到了徐真的手上，苦笑著說道：「這是犬子讓老夫轉交於你之物，德謇為人怯懦，雖不是東宮案子的主謀主力，但也多有受累，沒了臉面來見你，臨行之前，將了這盒子，托我贈還於你，他日若有相見，再當面謝罪。」

徐真輕輕打開木盒，見得一襲軟金甲疊得規規整整，正是當初在那天策神秘墓葬之中所得的金絲軟甲，撫摸著金甲，一股難明的滋味湧上心頭，徐真動情地朝李靖說道：

「德謇本性不壞，也疏懶於朝廷官職，只是個性使然，受了連累，若有時機，徐真必定向聖人求個情，讓他回來伺候李公左右……」

註

2　李德謇因為與李承乾關係好，謀反案的時候受到牽連，流放嶺南，李靖去世之後，他承襲了衛國公的爵位，本作沒有就此人展開支線，而次子李德獎沒有再進入官場，小說家筆下後來成為了蜀山新派劍俠，蜀山五俠名揚天下，李德獎為「赤金劍」。

李靖雙目包含感激的溫情，他這輩子似乎從未以權謀私，向來公正，以致於兒子無辜受了牽連，也不敢動用人情，他與徐真也未有正式的師徒名分，然徐真時時感恩，事事牽掛，處處貼心，沒有遠離，必來告安，又如何不讓李靖感到欣慰？

念及此處，李靖將乾枯卻有力的手掌按在徐真的肩頭之上，最後教訓道：「戰場上本來就沒有常勝神將，誰能活得長久，誰就是神將，所謂韜略，無不圍繞於此，切記，切記！」

徐真凝重了眉目，深深點頭，這才收了金絲軟甲，臨行到門口之時，卻又突然停住了腳步，轉身跪拜於門下，行了那拜師的叩禮，終究厚著臉皮，認了李靖這位師父！

李靖心頭一震，滿滿的欣慰從心底湧出來，這位一生少有流淚的老將，雙眸濕潤，隔空抬起手來，卻是受了徐真這一拜。

待得徐真離開，李靖卻是癡癡地望著門外，口中喃喃自語著些什麼，心頭卻是不甘地想著：「生兒當如此也，若人定勝天，可敢再賜壽三十年，待某長城之外再揚鞭？」

惜惜辭別了李靖，徐真回到府邸之中，還未來得及安頓，李勣已經命人前來相邀，徐真又連忙趕到李勣這邊來。

英國公也不忘面授機宜，相較於李靖，這李勣卻是沉浸官場多一些，謀略大於武力，故而與徐真所教，都是一些權謀人心之術，在戰場之上，既要小心敵人，同樣也要小心後方，自古以來，也不知多少萬人無敵的神將，死於自家後方手上云云。

徐真不敢輕慢，自是謹記於心，大恩不以言謝，僅有用累累戰功，來彪炳導師之恩情矣！

從英國公府邸回來，已經掌了燈，又跟摩崖好生敘說了一番，這才回到自家住處，這摩崖年歲漸老，手腳多有不便，自不能隨軍而行，留著看管爵府，頤養天年，研究從魏王處得來的祆教聖經，也是老有所養，時不時還能為徐真出謀劃策，鑽研一些幻術把戲，自有所用不提。

這一天逛下來，徐真收穫滿滿，卻覺得虧待了凱薩，這姐兒自從托身於徐真之後，越發地善解人意，雖天性冰涼不改，卻時時有著溫情所在，年長成熟，早已成為徐真避風棲息的港灣。

想著不日即將出征，二人情意繾綣，少不得一夜狂風驟雨，待得天色微亮，徐真又早早起了身，凱薩見得徐真身上遍佈的傷痕，心中疼惜，不忍離去，又拉入紅被之中溫存歡愉不提。

風停雨歇，徐真嗅聞著凱薩的體香，凝視著趴於胸膛上的凱薩姐兒，哪裡見得她有半分熟娘樣子，活脫脫就是嬌羞的小婦人，親暱刮著她的瓊鼻，吻著額頭說了些親熱話兒，這才不捨地離開床榻。

二人正享用早膳，又有人來請，卻是魏王李泰的府上執事，徐真得了李勣的囑託，不敢再糾纏這些個官場的爭鬥，遂命張久年準備了一份厚禮，讓執事回了魏王作罷。

正準備與周滄幾個弟兄商討行軍事宜，又有小廝進來通報，正欲使張久年出去搪塞，來人卻不請自入，不是別個，卻是自家妹子李明達！

這小丫頭一臉惱怒，上來就踩了徐真一腳，嘬著嘴怒罵道：「死騙子！自去那沙場上奔命，也不曉得妹子牽掛，信不信我到大人那裡去撒嬌，讓你今次去不得松州！」

李明達罵得爽快，卻忘記出征之前忌諱將死字掛在嘴邊，又悔恨地打自己的嘴巴，惹得廳堂議事的諸多弟兄哄笑一堂，諸人都是跟李明達一路走過來的，也不顧及她帝女的出身，自顧擠眉弄眼，笑話這對兄妹。

徐真將李明達拉到一旁，低聲怪罪道：「我的親妹子，怎地也該給妳家哥哥留點顏面不是！如此戲弄，今後妳哥哥還如何降服這幫牲口樣的蠻漢子喲！」

這話說得不甚大聲，卻剛好又被一廳的弟兄聽了去，一個個臉色發青，心裡兀自咒罵自家主公，也沒個主僕形象可言。

李明達見沒得時機跟自家哥哥說話，頓時發作起來，扠腰佯怒道：「你們這些野人都不想活了？信不信本宮打打手勢，就有百八十個好手進來收拾你們！」

周滄嘿嘿咧嘴笑道：「信，信，哈哈哈！」

張久年畢竟是懂事的老人，一邊哈哈笑著，一邊卻是將一干弟兄都推了出去，將地方留給了徐真和李明達。

這人空了，徐真和李明達反而覺得有些不自在，剛想開口，卻發現對方嘴唇翕動，又忍下來，一個兩個對視了一番，氣氛卻又覺著尷尬，倒是徐真習慣了這等場面，假意大咧咧揉了揉李明達的頭，嘿嘿笑道：「丫頭別擔心，妳家哥哥如有神助，又有誰能傷得了我？妳自安心在家等著便是！」

李明達正要抱怨，聽徐真說在家等著，未免心中起了漣漪，這在家等著，是否在說我跟他……已經作了一家……

正羞紅了臉胡思亂想著，徐真卻湊近了臉，盯著李明達的眸子，又摸了摸她的額頭，不解地問道：「丫頭，妳又著了甚麼魔怔？」

李明達感受徐真手掌的溫熱，心頭碰碰，耳根滾燙，粉頸都紅了大片，卻是盯著徐真的眸子，心思著從吐谷渾回來之後，兩人並沒有過肌膚之親，那豆蔻心思瞬間萌發，羞臊難當。

徐真感受到這小丫頭的熱情，猛然縮回手來，偌大個漢子，就如同被調戲了一場那般，心想著糟糕了，卻是撩動了這丫頭的春心，切莫辜負了這丫頭的大好青春，連忙訕笑著用言語來搪塞。

適才還刁蠻呵斥的李明達，此刻卻是靜若處子，一副任君採擷的動人姿態，徐真看著這丫頭那雨後新荷般的氣質容顏，差點就動了心思，連忙坐了回去，喝口涼茶冷靜下來。

正要尋些話頭緩解一下氣氛，門外又進來一女，卻是李無雙。

此女見徐真和李明達臉頰發紅，心裡也是疑惑，她畢竟年歲見長，知曉些許男女之情，頓時會意過來，又見到李明達眼中嬌嗔，曉得自己壞了這丫頭的好事，心頭不由苦笑。

不過她也是事情緊急，顧及不了這許多，與徐真假惺惺見了禮之後，就開始說道正事。

徐真正愁沒個人來緩解氣氛，見了李無雙，自然喜出望外，沒想到這丫頭也是個不省事的主子，居然要跟著徐真上戰場去玩耍！

上次征伐吐谷渾，李無雙是得了父親李道宗的令，貼身服侍了李明達，這次沒了李明達的羈絆，都是些男兒熱血的征戰，她雖有武藝傍身，又怎可如男兒一般殺伐？

若被外人知曉，徐真將成為眾矢之的！

奈何這丫頭也是倔強，說了這場戰爭皆因她捨不得父母家鄉，父母也捨不得沒了她這個女兒，才使得諸多軍士妄自到戰場上去拚命，她若不去打拼一番，又豈可睡得舒心？

徐真也不是那心頭軟的人，自是不許，惹得李無雙伎倆百出，又是哀求又是脅迫，還聯合了李明達來求情，但徐真只是不允，後者無奈，只能悻悻而歸。

李明達也是依依不捨，但終究背負宮廷規矩，不敢多留，在李無雙的陪同之下，離開了神勇爵府。

徐真一陣陣頭疼，正沒個空閒，外頭卻又來了人，這次卻是晉王李治親自前來也！

# 第一百零八章

# 素靈無雙混入軍中

且說徐真好不容易送走了李明達和李無雙，卻又迎來了晉王李治，前日又拜別了李靖和李勣，總覺著自己這一輩子都跟姓李的脫不了干係，也難怪這大唐朝叫了李唐。

對於晉王李治，徐真心頭自有一番道理，此子雖是中庸，卻得了長孫無忌的支撐，又是個善於把握時機的人，雖給人印象不深，遠不如魏王李泰那般驚豔，但年紀雖幼，卻有著深沉的心機。

徐真得了李勣的提點，已然知曉長孫無忌要在今次戰役之中，對自己施展些許小手段，心中已然警惕起來，今日跟張久年等人商議，就是為了這個事情。

在這個節骨眼上，晉王李治突然造訪，多少打亂了徐真的進度，讓徐真有些弄不清楚狀況。

李治也是個明白人，心知若如同魏王那般派人來請，必定會遭到徐真禮拒，乾脆自己微服暗訪，尋找了過來。

徐真不能也不敢逐客，慌忙重整了席面，將李治給迎了進來。

李治為人親善，與李明達又親近，不以皇子王爺的姿態，卻對徐真以兄長來相稱，兩廂不要緊的寒暄了一番，很快就沒了話頭，兀自沉默下來。

忍了片刻，李治終於還是打破了沉默，一臉坦誠地說道：「弟心頭有話，本欲早些與徐家哥哥說明，奈何一直沒有機會，今次哥哥出征，弟卻怕沒了機會，不得不坦誠以告之……」

徐真見李治神態真誠，也不忍回絕，拱手側耳道：「但聞其詳。」

李治嘴唇翕動，最終還是嘆氣而道：「弟曉得哥哥對吾有些許誤解，今不得已而告之，還望哥哥救我！」

徐真心頭越發迷惑，雖說李治並不比魏王得寵，但有長孫無忌相助，若征伐高句麗往後推遲一些時日，就能夠迎頭趕上，最終還是得登極位的，卻又何來救人一說？

李治也不賣關子，直言以告道：「哥哥有所不知，雉奴兒自知不如哥哥泰，對這立儲一事，並無奢望，奈何舅父相逼甚急，雉奴兒只怕泰哥兒敵不過國舅，最終難免落了難！」

徐真聞言，心頭大駭，原來這李治和長孫無忌卻早已是胸有成竹了！也難得李治感念兄弟情誼，擔憂李泰會被長孫無忌所害。

但話說回來，若他李治沒有爭鬥之心，長孫無忌又如何會尋到他？就算他才華平庸，人心搖擺，若無心爭鬥，也不至於被長孫無忌挾持下來了。

「大王是想讓我勸說魏王，放棄皇儲之爭？」

徐真一針見血，微瞇了雙眼，直視著李治問道，後者面有愧色，但卻咬牙抬頭，朝徐真回答道：「正是此意！只有泰哥兒主動放棄，才能保得住今後富貴，否則雉奴兒只能委身於國舅，陷吾家哥哥於不義也！」

雖李泰面色坦誠，但徐真就是不知為何，心中冰冷發涼，終覺李治並非表面上這般簡單，若果真是個中庸之輩，又如何能夠締造開元盛世？

長長吸了一口氣，徐真輕叩著案几，心中卻是快速思量起來，這史料上記載，李治必定是最終贏家，縱使他徐真再欣賞李泰，也不能違逆了這等潮流大事，如今李治來求，說不得勸說一番，讓李泰有個完好的結局，避免再次出現宮廷慘鬥。

想到此處，他也是輕嘆了一聲，朝李泰回道：「大王放心，某自認無德無才，對這些個朝廷大事，也不甚關心，只想著好生鎮守國門，替大唐爭些疆土軍功罷了，若大王擔憂某會援助魏王，大可安心，別的不敢說，在這件事情上，徐真權當明哲保身，兩不相幫便是……」

李治聞言，心頭頓時鬆懈了下來，若是尋常四品武將，還不值得他堂堂皇子來拉攏，但徐真官職雖不拔尖，卻與李明達兄妹相稱，又常常得到聖人的私自召見，而一路飛升晉級，可謂速度驚人，大有一步登天之勢，足見聖人對其青睞重視，如此人物，自然值得李治和長孫無忌忌憚了！

得了徐真的允諾，李治自然大喜而歸，但心裡到底有些不忍，轉頭又囑託了一句：「徐家哥哥一路保重，聽聞牛進達將軍多得國舅爺提拔……」

言盡於此，徐真自是心領神會，遙遙作勢謝了李治，絕口不提半個字。

這廂總算安靜下來，徐真難免要尋思些許對策，到得中午時分，李淳風又上門來拜訪，說是聖人已經命閻立德到萊州去，營建五百艘巨艦，估計心裡已經決定了要對高句麗用兵云云。

徐真多得李淳風和閻立德的幫助，今番聽說閻立德要到萊州造船，雖然對戰艦瞭解不多，但對現代艦艇也有一知半解的創意，遂與李淳風走了一遭，到閻立德府中，取了紙筆，將現代戰艦的一些理論勾畫解釋了一番，聽得二人如聞天道，對徐真簡直敬若神明！

這李淳風雖知識淵博，但對造器一道遠不如閻立德，所謂內行看門道，徐真這些理論宛如天馬行空，然到了閻立德的眼中，卻是開啟了另一個世界的大門一般，如那聖徒見到了神光，開啟了智慧！

從閻立德那廂回來，徐真終於是得了喘息之機，又與摩崖準備好幻術所用的道器，這段時間雖然倉促匆忙，但他從未間歇過修練，《增演易經洗髓內功》已然登堂入室，七聖刀和瑜伽術的秘法又小有所成，加上有飛刀和凱薩精心所製的雕弓，又有殷開山的長刀在手，天策神甲和金絲軟甲護體，全副武裝根本就無所畏懼。

日前到了軍部敍職，諸多將士已經準備就緒，不日即將啟程，徐真也加緊了準備工作，然卻忘記了張素靈這丫頭。

這張家丫頭擅長易容，陰陽莫辨，性子又刁鑽古怪，異常精靈，實則心頭一直記掛著父親的名分，徐真也曾經打算向聖人稟告，替張蘊古平反，但公務纏身，又連連遭遇大事，這件事情也就擱置了下來。

如今倒是得了空閒，但這聖人也不是想見就能見的，這事情就算自己不惜羽毛提出來，聖人也未必就會採納，史上記載聖人懊悔斬殺了張蘊古，自是撫慰了家人親眷，但卻有久久不見此事到來，難免對張素靈心生愧疚。

想到這裡，徐真就來到了張素靈的別院。

這丫頭本就是張家的女兒，如今住在這主宅大院，別有一番滋味在心頭，整日也不見了歡笑，更沒見她捉弄徐真和其他人，也不知心思何處。

見得徐真前來，張素靈連忙起身迎接，堪堪與徐真平頭，真是位婷婷而立的長身美人兒。

徐真也不掩蓋，直將自己的難處說道出來，然而張素靈卻並無責怪之意，反倒感恩徐真收留之情，見徐真詢問今後去向，當即表態願意留在徐真身邊為奴為婢。

徐真也是哭笑不得，如同周滄等一干弟兄，雖然名為家臣，但一個個早已脫離了奴籍，又有幾個當真是徐真的奴僕？

既然張素靈提起，徐真也就趁勢而為，勢必到戶部去替張素靈討個良籍，既願意留在爵府，那就在爵府用著，今後若有發展去處，但聽尊便。

張素靈唯唯以對，卻是對徐府有著不捨之情，徐真看得出來，也就不再多言。

良宵總經不得消磨，這短短的時日過去，終究是迎來了出征的日子，長安城人頭湧動，鑼鼓喧天，百姓夾道歡送，諸多兒郎意氣風發，聖人親自檢閱了軍伍，這才開出了長安，直往西去。

凱薩帶著面紗，切切囑託了一番，終究是個鐵血的女刺客，沒有灑淚當場的女兒姿態，待得徐真走遠，才兀自忍受不住，背過身去抹了抹眼角。

李道宗身為行軍大總管，自有聖人親自踐行，徐真赫然在列，與有榮焉，一幫臣子多有激勵，祭祀過了之後，終於是全軍出動，離了長安。

十四紅甲衛在徐真麾下充當軍長校尉等職，勢必要將徐真彪下人馬打點妥當，牢牢掌控。

然而隊伍剛離開長安，周滄就急急來報：「主公，出事了！」

徐真與諸多將軍並駕齊驅，聽了周滄的話，心裡一緊，連忙扯了馬韁，到了後方隊伍，卻見得一名校尉身材頎長，面容稜角分明，頗有英俊之色，然眉目之間卻多有狡黠，徐真下了馬來，盯著這名校尉許久，也不顧周圍兵士，將其拉過一旁來，湊了鼻尖到對方身邊嗅聞了一番，臉色頓時一變！

「你胡鬧個甚！軍伍大事，豈能兒戲！」

那校尉卻是吐了吐舌頭，嘿嘿笑著，任由徐真劈頭蓋臉的怒罵，那姿態和氣質，不正是善於易容的張素靈嗎？

進入徐府之日，徐真就曾經與張素靈約定過，怕這張素靈又易容假扮戲弄於人，故而交給她一個異香的錦囊，以識別真身，故而適才嗅聞之下，才識別出是張素靈本尊。

這香囊自從徐真擺弄三仙歸洞那日開始，就一直存於張素靈身上，這小丫頭並未摘下，想來是故意讓徐真揪出來的，否則以周滄這等粗人，又如何能夠在軍伍之中，將張素靈這樣的精怪丫頭挑出來？

如此一想，徐真心頭頓時不安起來，這丫頭明目張膽地想要讓徐真知曉自己身份，必是有恃無恐，既然如此，背後鐵定有人指使了！

「若是凱薩這姐兒，她也不需指使張素靈，直接跟著我來便是了，想來應該是兕兒這丫頭！我的個老天爺爺吶！」

徐真如此一想，腦殼頓時疼了起來，朝張素靈問道：「是否徐思兒所指使？」

張素靈輕輕搖了搖頭，將手往軍伍之中一指，卻見一名小隊正長得眉清目秀，儼然是那李道宗的女兒李無雙！

眼見徐真發現自己，李無雙也是嘿嘿一笑，徑直走了上來，若不是她答應幫助張蘊古平反，也得不到張素靈幫她偽裝扮相，混進這軍中來。

第一百零九章

# 唐朝遣使獨往松州

前番說李道宗為了挽留女兒李無雙，與朝堂之上奏了聖聽，領了兵符要對吐蕃用兵，女兒李無雙卻找到了張素靈，以替張蘊古平反為代價，使得張素靈協助她混入了徐真的親兵之中，徐真頓時頗感頭疼。

還不知如何安置此二女之際，徐真只覺得周遭都佈滿了眼線，背後不免發涼，下意識望了一眼，卻看到左武衛將軍、闊水道行軍總管牛進達，正朝自己笑著，意味深長，讓徐真心頭叫苦，臉上只能報以微笑。

徐真起初並不知曉這牛進達的出身，只聽得李治暗中提醒，說這牛進達多得長孫無忌提拔，思想回憶許久，也找不出個歷史人物來，卻聽張素靈一口婉轉唐語將名字念出來，多有彆扭，字音卻似諸多說唐故事之中的尤俊達。

又問起這牛進達的履歷，居然與尤俊達頗為類似，遂心中篤定，這牛進達，該是諸多戲說大唐故事中的尤俊達是也。

且說這牛進達也是個有名有號的人物，乃山東兗州府平陰人氏，是山東諸道綠林任俠的總把子，外號鐵面判官，初時與程知節（程咬金）兩劫楊林的皇綱官銀，事發受捕，而後被諸多英豪弟兄救出，共入了瓦崗寨。

這廝也是個不安生的狠人，見得瓦崗寨不能容人，李密雖善謀，然心胸狹窄，必不能成事，就要說動了秦叔寶和程知節等人離了瓦崗寨，還未成行，瓦崗軍就兵敗如山倒，降了王世充。

雖王世充對諸人接待甚厚，但牛進達覺得王世充多詐。武德二年之時，王世充率部進犯谷州，牛進達遂與秦叔寶、程知節、吳黑闥等帶兵上陣，率領了幾十個親信騎馬跑出百來步，下馬給王世充行禮，說道。

「荷公接待甚厚，極欲報恩，奈何公性格多猜貳，傍多扇惑，非某等托身之所，今謹奉辭矣！」

遂與叔寶等人投奔了唐軍，那王世充驚懼，亦不敢追逼。

投了大唐之後，牛進達與程知節和秦叔寶等一起留在了秦王府中，成為當今聖上李世民的心腹將領，諸人多有建功，秦叔寶和程知節等盡皆斬獲大軍功，得了大封賞，這牛進達雖入了官兵，卻又難脫匪氣，故久久不得重用與提升。

直到貞觀七年，牛進達出任邗江府統軍，平定了嘉、陵二州的僚民叛亂，又暗中結好長孫無忌等大文臣，時常入得聖人耳目，這才越發重用起來。

徐真於軍中一步登天的事蹟，早已成為軍中奇聞一樁，這牛進達有感於自身提拔艱難，對徐真早已懷了妒恨，又得了長孫無忌的囑託，自然不會對徐真手軟，與李道宗等人籌謀之時，就將徐真劃撥到了自己的麾下來管制。

這牛進達雖無程知節和秦叔寶之勇武，但久浸綠林，歷經爭鬥，也不是軟弱的人，既要報效長孫無忌，自然要將徐真丟到最前方去，遂率領了軍隊，急速行軍，直撲松州而來！

此時松州城頭，一名中年文士傲然而立，俯瞰著前方的唐境千里沃土，長鬚迎風，眼角爬了細紋，兩鬢染了霜花，白底黑衫隨風輕搖，負手睥睨，超凡脫俗，彷彿給他一壺酒，就能夠直飛上青天一般無二，此人不正是昔日隋朝望族崔氏的子弟，而後改了姓氏的慕容寒竹。

他身邊的年輕人意氣風發，穿戴著吐蕃王族的紅黃服飾，一部「几」字鬍道不盡吐蕃兒郎的樂天與虔誠，正是那吐蕃新王器宗弄贊是也！

這器宗弄贊乃新王上位，諸多部族多有反叛，然而他野心勃勃，以種羊領群之法，用舌劍唇槍服之，又多有征伐，常年用兵，竟將偌大的吐蕃給糾集團結了起來，人望聲威震撼吐蕃，無人敢輕慢。

他雖年輕，卻並不輕信於人，國中老臣多有蠱惑，然其卻洞若觀火，小小年歲就展現出過人的心智和魄力，初時慕容寒竹私自拜訪，共謀大計，一面攛掇吐谷渾的諾曷缽進犯唐朝，一面發動吐蕃人馬，與侯君集內外夾擊，將吐谷渾打了個四分五裂，雖吐谷渾東邊都歸於大唐的安西都護府，但西北大部疆域卻全數落入了吐蕃的手中。

可憐諾曷鉢只得了大唐皇帝一個清河郡王的封號，連吐谷渾王的稱號都丟了，只能龜縮一隅，毫無作為。

這位曾化名宋贊，與徐真等人有過一面之緣的年輕王者，崇尚著大唐的生產力和技術，崇尚著大唐的禮儀，崇尚著大唐的諸多風物，而在慕容寒竹的身上，他看到了一種可能，即便不對大唐俯首陳臣，他也能夠通過慕容寒竹，將吐蕃打造成一個如同大唐那般的強盛王國！

他看著慕容寒竹的背影，直覺如在仰望一片深邃不見底的大海，又覺得是那黑夜的星空，常人所不能揣摩。

他沒來由想起了那個孤身追趕慕容寒竹和光化天后的大唐年輕士兵，想著到底是怎樣的水土，才能養育出如此英勇果敢的兒郎！

慕容寒竹也不理會身邊的吐蕃贊普，嘴角掛著淡然的笑意，遙望著前方，背後的雙手五指輕輕點著拍子，就好像在彈奏一張無形的焦尾鳳凰琴，高山流水無人是知音那般。

或許，這世間也只有一個人能夠明白他的心意，而這個人，此刻正坐擁著伏俟城，那座慕容寒竹曾經許諾，而後終於送給了她的城池！

若有人知曉，定然會將慕容寒竹視為天人，常人只道他要給光化送一兩座城池，多半是甘涼張掖這樣的邊關雄城，豈不知慕容寒竹的心中，只有伏俟城，才配得上光化。

伏俟乃鮮卑語，意為王者之城，而或許連伏俟城，都不一定配得上光化！

所以他一直遙望著東方，遙望著那座大唐的都城，長安！

光化就這麼恬靜地坐在王座之上，當初嫁來吐谷渾之後，她也曾經近距離地接觸過這張王座，只是今天，沒有吐谷渾王，只有她光化天后！

沒有誰能阻擋她回家的腳步，因為慕容寒竹就是她的鳳輦，就是將她送回隋國的春風，任是千軍萬馬在前，只要這一襲白衣不倒，就沒有誰能夠阻擋她光化的腳步！

慕容寒竹知曉光化這輩子就這麼一個心願，又豈能不遂之以真？

「贊普，我手底下的人脈已經送回情報，過不得兩日，唐軍必然到達，所謂謀士，根基何在？自是情報！我慕容寒竹經營吐谷渾三四十年，在唐境之內培植諸多暗線，就等著這一刻！」

「還望贊普多多佈置軍馬，將松州隘口守死，山上多存滾石鐵木，佈置弓手方陣，到時無論對方來多少人，必死於隘口山谷，有來無返矣！」

器宗弄贊心頭大喜，連忙吩咐下去，諸多軍士流水一般開拔，將通往松州的各個路口全數把守起來，只待唐軍自投羅網了！

城頭遠眺，器宗弄贊輕笑一聲，心頭兀自問了一句：「不知當日那唐軍的士兵，今遭還敢不敢孤身前來？」

正自覺好笑之時，卻聽得前方哨站傳來警報，說是唐軍遣使來說降，慕容寒竹和器宗弄贊頓時相視而笑，這也是他們意料之中的事情了，遂吩咐下去，讓諸多哨站一路放行。

只見得東方地平線上，朝陽如紅金色輪盤一般露出半個腦袋，一名唐軍使者背負獵獵角旗，著紅甲，跨長刀，馬蹄聲傳播四野，真真是孤膽奇俠也！

器宗弄贊心頭沒來由一緊，因正對著朝陽，看不清那名唐使的面容，但那人越發的近了，他卻認得那身紅甲，這不正是當日孤身追索慕容寒竹和光化的那名唐兵！

徐真也是暗自叫苦不迭，這牛進達果真是個混跡草莽的老油子，整人心思可謂老道狡詐到極點。

若一味的突襲松州，怕落了敵人的陷進，遂以遣使說和為由，將沿途山川地形和敵人的排布都窺視一番，而且大唐還天國上邦，向來以禮法教化四海諸蠻夷，先禮後兵的規矩斷然是不能廢除的。

而這使者的人選，又有誰比徐真更合適？

隨心派遣一兩個嘴尖舌滑的過去，又顯不出大唐對吐蕃的重視，軍中大將自不可輕動，而徐真雖有忠武將軍的頭銜，但到底只是一個領兵一千二的上府折衝都尉，充當使者，最是適合不過。

而且這吐蕃人未得教化，驍勇好戰，不跟你講究些許虛禮，徐真但有閃失，說不得會被對方給斬了！

如此一來，他牛進達也算是了卻心事一件，當是報答了長孫無忌舉薦之恩，回去之後說不得還有重謝咧！

徐真本想推脫，但身邊只有紅甲十四衛，手底下一千軍士雖然都在周滄等一十四衛的掌控之下，然心中對徐真多有不服，真要戰鬥起來，無法同心同德，又怎能生死相托？

再者，這牛進達就是個江湖兒郎脾性，若今次服了軟，推脫著不去，未免讓他看了笑話，今後還不知如何拿捏，這也將徐真激勵了起來，不顧張久年等人的極力反對，討了文書就孤身往松州城而來！

這一路果真見得哨站重重，松州四圍被吐蕃軍隊打造得如那鐵桶兒一般堅固，漫說奇兵突襲，就是碟子斥候想繞進來打探軍情，都不太容易！

如此有法有度的佈置，徐真絕不相信是靠養馬放牧和種青稞麥為生的吐蕃人想出來的，憶起當日慕容寒竹和光化被器宗弄贊接走，徐真似乎看到了慕容寒竹的一些佈局，心裡也是驚嘆不已。

而眼下，那個白衣寒士，就傲立於松州城頭，俯視著徐真，一如蒼鷹，俯視著螞蟻！

# 第一百一十章 徐真威震吐蕃群雄

且說徐真到了松州城下，勒住馬頭，解下背後的唐字角旗，揮舞了三下，這才中氣十足地喊話道。

「大唐國忠武將軍徐真在此，權且代表大唐天軍，商討和談，免傷人命，敢問可有主事之人現身！」

徐真此話說得不卑不亢，也不求見，若爾等有心，自是來見，若無誠意，免不了只能刀劍相見了。

其時器宗弄贊對盛唐有著極為深遠之仰慕，貞觀八年曾遣使赴長安與大唐通聘問好，聖人對吐蕃的首次通使亦然重視，即遣使臣馮德持了書信，前往致意還禮。

器宗弄贊也是個高瞻遠矚的君主，除了結納大唐之外，還遣使到鄰國泥婆羅（今尼泊爾），互通有無，搜羅工匠百藝等等，故而對大唐遣使致意頗為重視，聽聞突厥與吐谷渾皆尚公主，遂遣使隨馮德入朝，多齎金寶，奉表求婚，惜聖上不允，故未得封號。

今日見得徐真又孤身前來，早已心中不喜，聽得徐真言語之間並無自卑，反有倨傲，心中不免憤憤，遂踏上城頭，也不直接與徐真對話，只教那通譯（翻譯）做了個傳聲筒。

「吾王上說予你知，敢問貴使者到了吐蕃境內所為何事，如何不以下臣之禮來拜見！」這通譯也是個胡編亂造的吐蕃人，唐語說得不太道地，生硬得很，徐真卻聽明白了其中意思，不由反唇相譏道。

「普天之下莫非王土，率土之濱莫非王臣，此城乃我大唐國土，蒙受皇恩雨露，今番被爾等惡意佔據，還敢妄言自居，他日我皇朝天軍馬踏而來，吾再笑看爾等如何自處！」

徐真心裡巴不得不進這松州城，如今沿途路線早已打探清楚，丟下書信就可離開，豈不是好事一樁？

念及此處，徐真調轉了馬頭就要離開，那城頭的器宗弄贊見識徐真威嚴，心頭也是凜然，多日不見，這徐真儼然不再是當初那個大唐小兵，卻是成了堂堂將軍！而且徐真的言行舉止，無一不帶著濃厚的唐人風骨，硬朗如草原上的雄鹿，犀利如天上的鷹隼！

見得徐真要離開，器宗弄贊也慌了神，他本只是聽慕容寒竹說高句麗國勢崩亂，遼東不得安寧，唐國必定會出兵征遼，如此一來只要攻擊大唐後方邊境，就能夠挾勢以威逼，使得唐國下嫁公主。

這一路也順利，諸多唐國城池守軍竟然如此不堪一擊，連他器宗弄贊都有些心動，不如打到唐國的腹地去。

那慕容寒竹也是個善於審時度勢的謀士，知曉隴右道防禦薄弱，實則因為剛剛擊敗了吐谷渾，若非他暗中挑撥，吐蕃也是萬萬不敢在老虎嘴邊拔毛的。

可如今大唐卻悍然出兵，雖說成名神將並未前來，但唐軍的威名可也不是誰人都可小覷的，故而見徐真要走，雙方就要一拍兩散，大戰一觸即發，這器宗弄贊也是亂了心緒，心知通譯水準有限，自己探出城頭來喊話道。

「徐將軍不見多時矣，英氣仍舊不減分毫啊！」

徐真聽得器宗弄贊一口道地唐語，頓時停了下來，在馬上拱了拱手，苦笑道：「我該叫你宋贊呢，還是贊普器宗弄贊？」

器宗弄贊哈哈一笑，盡顯一地君主的風範，也不接徐真的話頭，只反駁徐真先前的話語道：「徐將軍既然帶著誠意來和解，如何又要一走了之？既這松州是你大唐山河，徐將軍又如何求進不得？」

徐真本來就想走人了事，既應付了牛進達，又保全自家性命，然而此時卻被器宗弄贊激起一番鬥志來，這松州本就是漢人國土，又豈能讓這些吐蕃人站在上面說風涼話！

「松州自然是我大唐國土，我天國大軍一到，爾等只是齏粉飛灰而已，某雖區區使者，但要進自家城池，又有何難？」

徐真也是熱血上了頭，解下腰間強弩，城頭的吐蕃軍士紛紛劍拔弩張，卻被器宗弄贊壓了下來，他也很感興趣，這徐真難不成真能夠飛天遁地不成！

心頭冷笑一聲，徐真瞄準了城垛，扳動機括，那強弩激射出來的並非尋常箭矢，而是一個十字彎鉤，後邊繫著一根堅韌細線重重搓纏而成的繩索！

此物乃是臨出發之前，徐真與閻立德等人精心研製出來的，名為飛天鉤弩，可裝備與諸多斥候探子，乃翻牆越崗的一大神器是也！

那鉤子穿過城垛，勾搭在城牆邊緣，徐真借著抓緊了強弩，再次扣動機括，那繩索卻是簌簌地往回收縮，徐真借勢在馬背上一彈，在城牆上幾個點地，輕飄飄就上了城頭，當真是天人之手段！

器宗弄贊等人看得目瞪口呆，都說唐朝多能工巧匠，卻不曾想到犀利到如此地步，好在贊普將這叫徐真的將軍給叫住，不然放他回去，說不得松州這城池，還真守不住！

慕容寒竹並不想跟徐真做正面交鋒，見得徐真露了面，自己就躲在諸多幕僚的人群之中，只通過身邊隨從，給器宗弄贊傳遞話語。

徐真乾淨利索地上了城頭，也不與器宗弄贊見禮，只是稍稍昂頭笑道：「贊普且看如何？漫說這松州城，若是惹惱了我家聖人，說不得連邏些（今拉薩）都進去走一遭！」

「好大的膽子！」

器宗弄贊推崇唐風，文武百官修習孔孟百家，對唐語也有精通者，聽了徐真這話，連忙傳播開來，四周軍將勃然大怒，就要上來斬了徐真！

然而徐真雖孤身入虎穴，但已然拋棄了個人膽怯，只顧著大唐天威，此時只感覺自己就是個土生土長的唐人，渾身都是國家和民族的榮譽感，不容他人侵犯半分！

有一名吐蕃將軍憤然抽刀，他高大如人熊，身上披掛沉重的犛牛皮鎧，紮著辮子，揮舞著大刀就攔腰砍將過來！

「住手！莫冒犯了大唐使者！」器宗弄贊見得徐真眼中殺氣閃現，心頭也是怪異之極，不明白徐真這份勇氣從何而來，明明孤身一人，卻彷彿擁有萬千人的勇氣和膽色，居然絲毫不懼！

而那名吐蕃將軍刀勢收不住，竟然真的砍到徐真的身上！

「鐺！」

大刀斬在紅甲之上，在早已密佈刀劍之痕的紅甲之上，又留下一道深深的印記，徐真平平往後滑退了兩步，這才穩住了身形，胸口卻是被撞擊得一陣陣的憋悶！

《增演易經洗髓內功》施展開來，徐真大口吐納，將內息調息妥當，陡然抬起頭來，雙眸之中卻爆發出不容侵犯的雄獅兇狠來！

「這……唐國鎧甲居然強悍如斯！」

「若他們的軍士一個個都披掛此等鎧甲，吾等之刀劍，豈非無用之物？」

諸多吐蕃人氏也是紛紛驚訝不已，沒想到那吐蕃將軍一刀砍下，居然只在徐真的鎧甲上留了一道刀痕，未曾傷及徐真根本半分！

徐真也懶得理會這些人的議論，只見他雙眸如電，長途跋涉蓄留下來的一字鬍給人一種更加老道沉穩的感覺，然而此刻他將手按在刀柄之上，周遭軍士卻感受到一股攝人心魄的殺機！

「贊普，這可不是待客之道了……且讓本使者來教教你這些手下！」

器宗弄贊心頭也是一震，這徐真年紀並不算大，如何積攢起這一身的殺氣！

那名吐蕃將軍也是神經緊繃起來，然則他也不是初次上戰場的新人，挺起胸膛，緊握大刀，分毫不讓地死盯著徐真！

徐真深深吸了一口氣，雙腳如強有力的鋼鐵彈簧一般發動，身子如魅影般飄忽，腳底下可謂踏雪無痕，正是凱薩傳授的迷蹤刺殺步法！

那吐蕃將軍剛剛舉刀，卻感到虎口劇痛，那寬刃厚重的大刀，居然被徐真的長刀一刀砍成了兩段！

半截刀尖叮鈴一聲飛了出去，倒插在地上，將一干吐蕃軍人驚駭得如那木雞蠢狗！

然而徐真還未打算就此結束，他冷笑一聲道：「你砍我一刀，且讓我也砍你一刀！這就是本使者教爾等之道理，且稱之禮尚往來！」

器宗弄贊心頭巨震，連忙出聲喝道：「將軍刀下留人！」

徐真長刀化為一道寒芒閃過，那吐蕃將軍厚重堅韌之極的犛牛鎧嗤啦啦割裂，連內襯的羊皮底子都給掀開來，只差半分，長刀就會將他的胸腹給切開來！

乾脆利索收刀入鞘，徐真並未對那名早已面如死色的吐蕃將軍再作挑釁，後者雙腳頓時發軟，被隨從扶了下來，真真是出盡了醜態！

器宗弄贊也是長噓了一口，雖然丟了臉面，但保住了那將軍的人命，他又不是唐人，對面子並不是那麼的看重，反倒出身於高原之人，都將人口看得最重。

徐真長身而立，雙手奉上書信，正容朝器宗弄贊說道：「贊普熟讀經典，可知匹夫一怒，伏屍二人，血濺五步，天子一怒，伏屍百萬，流血千里，無論是惹了我，還是惹了我家聖人，估計此事都得不到善了，還望贊普自己考慮個明白清楚了……」

器宗弄贊雖讀了些詩書，卻對徐真這番話一知半解，正要相問，身後之人卻傳來了慕容寒竹的消息，竟是將徐真給放回去！

徐真冷笑一聲，若有察覺地往器宗弄贊身後人群掃了一眼，不偏不倚，正好看到了含笑的慕容寒竹，二人竟然笑著點了點頭，一如行禮這般！

器宗弄贊看著徐真單槍匹馬而來，又看著他逞盡了威風，又單槍匹馬而去，心頭實在不能開懷，遂問慕容寒竹。

慕容寒竹搖頭輕笑一聲，似乎對徐真有些惋惜，暗自說道：「終究還是不夠火候啊……若狠辣一些，也就成事了……」

器宗弄贊一再追問，慕容寒竹才點了一句：「贊普已經欠下徐真一條命了……」

器宗弄贊不明所以，細細回想徐真所作所為，又命人去搜查那匹夫一怒的經典出處，終於有人從戰國策之中，找到了這話的出處[3]，一句句流覽下來，器宗弄贊臉上不禁冷汗淋淋，心頭暗呼慶幸不已，若非慕容寒竹出面放走徐真，這事還真不能善了！

註

3 《戰國策》中秦王欲得安陵君之地，安陵君卻不願意遷移先人之地，秦王問計與唐雎，唐雎卻答曰：「安陵君受地於先王而守之，雖千里不敢易也，豈直五百里？」

秦王憤怒，謂唐雎曰：「公嘗聽聞天子之怒乎？」唐雎自是對答，曰：「臣未嘗聞也。」秦王曰：「天子之怒，伏屍百萬，血流千里！」

秦王也是狹隘，大意為若安陵君不同意交換領地，他秦王一番發怒起來，雙方戰爭，不免伏屍百萬，血流成河！

然唐雎也是不卑不亢，反問道：「大王嘗聞布衣之怒乎？」

這秦王不由冷笑，不覺意地說道：「布衣之怒，不過免冠徒跣，以頭搶地耳。」

唐雎卻正容道：「此乃庸夫之怒，非士之怒也，夫專諸之刺王僚也，彗星襲月，聶政之刺韓傀也，白虹貫日，要離之刺慶忌也，倉鷹擊於殿上，此三子者，皆布衣之士也，懷怒未發，休祲降於天，與臣而將起成四人，若士必怒，伏屍二人，流血五步，天下縞素，今日是也，遂挺劍而起！」

# 第一百一十一章

# 牛進達大戰莽周滄

前事說到徐真受牛進達陷害，充當了和談信使，孤身入松州，本欲驅趕吐蕃群獠，使之倉皇逃離松州，以免大唐天軍之鎮壓，卻不想被吐蕃軍人冒犯，徐真熱血上頭，一刀震懾群雄，可謂殺人紅塵中，脫身白刃裡。

其又以唐睢不辱使命的經典，暗中出招慕容寒竹，逼迫慕容寒竹應對，暗示器宗弄贊放了徐真離開，這松州之行，可謂有驚無險卻又大快人心！

且說牛進達得了長孫無忌的授意，不斷尋找著機會，讓徐真去出生入死，聽聞吐蕃人兇殘成性，遂將徐真派了當天使，妄圖害了徐真的小命，眼見日頭偏西，歸路之上卻猶未見得徐真人影，只道大事已成，心頭頓時歡喜起來。

那李無雙和張素靈得了徐真的囑託，隨行於周滄等人手下，自是沒了安危擔憂，然聽聞徐真要被派遣出去，心裡兀自牽掛，與周滄等人瞭望著西方，只見殘陽如血，卻並無人馬之影，心裡隱約浮現不祥預兆。

李無雙更是心頭悲切，若果徐真身死於此處，她又該如何自處？身為皇家宗室之女，多少郡主甚至公主被賜婚外放，到了那異界番邦，雖自家吃苦，卻避免了雙方萬千無辜軍士的生死搏殺，可謂功德無量之事。

雖她自覺乃是不捨父母，然每每深夜，捫心自問，她卻清楚得知道，她並非因為捨不得父母，而是不願自家的姻緣，遭遇他人的擺佈！

自小習武的她，比任何一個女子都要渴望將自身的幸福，掌控於自己的手中，也就是因此，她才努力的修習武藝。

也正是因此，她才流露出對父母的不捨，到父母跟前不斷撒嬌，讓母親說服父親，到朝堂上去上表啟奏，否則聖人將她賜了婚，這吐蕃早就該退出松州了。

沒有這松州的事情，沒有她去求徐真支持父親李道宗的表奏，徐真又豈會被牽扯到這場戰爭裡來？

如果徐真不出現在這裡，又怎會被牛進達遣去當那該死的天使，就更不會深陷生死險境了！

一想到徐真孤身入敵營，李無雙眉頭緊蹙，心頭慌亂難當，此刻終於能夠體會李明達的心緒，這徐真看似平庸懶憊，卻有著一股牽動人心的神奇魅力，一如無色無味的醇酒，不知不覺就讓你沉醉其中，直到醉意醺天，卻仍舊堅持自己沒有喝醉……

「我這是怎麼了……怎會想這般烏七八糟的東西！羞死人也……」李無雙猛然醒悟過來，臉色頓時通紅，卻又忍不住朝道路盡頭不斷張望。

眼看著夕陽即將沒入地面，牛進達也是冷笑一聲，不以為然地高聲道：「時辰已過，該是時候關閉營寨了，想來徐真將軍性格忠誠耿烈，受不得吐蕃人的欺辱，已然為國捐軀了，諸多將士且好生休息，明日飽腹，一同殺入松州，給徐將軍報仇！」

牛進達的心腹忠犬自是心知肚明，一個個裝得悲愴慘烈，群情激奮，卻又忙不迭要去關閉了營寨的柵門，生怕晚了一步，徐真就會從外面回來一般！

張久年是個沉得住氣的人，卻管不住周滄這頭蠻牛，這廝見不得牛進達假仁假義，噴著唾沫星子就罵道：「幹你娘的一群好狗奴！兀自喪門嚎個甚！我家主公多福多壽，驍勇萬人不敵，莫說小小松州，就是吐蕃裡面也殺他個七進八出！爾等再大呼小叫，看你周滄爺爺的好手段！」

牛進達本就出身綠林，見得周滄一身江湖氣，心頭早已將這位滄瀾漢子默記了下來，有心收為己用卻礙於周滄早已屬了徐真，今番篤定了徐真遭難，說不得要趁機打壓一番，再施展恩威手段，趁勢將紅甲十四衛都給收入帳下！

他麾下也盡是一些魯莽漢子，哪裡聽得下周滄辱罵，也不反口，當即圍將上來，紅甲十四衛分毫不讓，雙方頓時劍拔弩張！

牛進達冷哼一聲，擺手道：「這幾個從軍已久，卻罔顧軍法，衝撞上司，都給我捉拿起來！」

周滄早已按捺不住，見幾個軍中漢子圍攏過來，手中大陌刀揮舞開來，眨眼間就砍倒了四五個，好在他也不想傷及無辜，一個個都是用寬厚刀背敲昏，否則也免不了一場大官司。

張久年幾個都是老弟兄，又豈有袖手旁觀之理，張素靈雖武藝不太靈光，卻是靈敏迅捷，依仗著身法，不斷穿梭糾纏，也是滑不溜秋，捉拿不住，李無雙心頭本就擔憂徐真，見這些人有心坑害，心頭大怒，拔了橫刀衝將上來，一如發怒的母獅一般！

牛進達未從軍之時就已經統領山東綠林，也是個一言不合動輒殺人的貨色，見諸多軍士居然拿不下周滄，激起心頭一股戰意，捉了一柄日月大刀就撲將過來，與周滄糾纏在一處，皆是大開大合，如那風暴席捲大浪，更似龍象相爭，戰得二十餘合卻是勝負難解！

這些個軍士在牛進達手底下相伴多時，沾染了匪氣，也不顧禮法顏面，見得久久拿不下人來，又見周滄這個黑大漢居然與牛進達鬥了個旗鼓相當，生怕敗了牛進達面子，就有人想要從中放個冷箭。

也該是周滄大意，只道這些人都如他一般，權且胡鬧一番，並未動了真的殺心，故而疏於防備，卻是被牛進達一名心腹射了一支暗箭，穿了鎧甲縫隙之處，刺入肩頭！

周滄吃痛失了神，被牛進達捉住破綻，一刀橫拍在胸前，如巨石一般滾落在地，將那箭桿子都壓斷，只餘半截留在肉中！

這一支暗箭徹底激怒了周滄，他披散了頭髮，扯下胸甲來，露出胸口絨絨黃毛，呀呀一叫，拖刀攻來，如暴風驟雨，牛進達也是被連連逼退！

牛進達心裡也不舒坦，本想要震懾之下，趁勢收服周滄等人，卻沒想到周滄幾個對徐真已然死心塌地，如今奮死護主聲名，全力施為之下，連他這個百戰悍將都抵擋不住！

早在心腹放暗箭之時，牛進達也是心有憤慨，雖出身綠林，但該有的江湖規矩還是要講究的，漫說同為袍澤，哪怕只是生人相鬥，也不該暗箭傷人！

可如今周滄得勢，步步緊逼，他吃不住，狼狽退縮，眼看就要被周滄反拿了去，心頭大驚失色，那心腹早已就緒，又是一支冷箭射了過來！

此番周滄脫了鎧甲，防禦全無，那冷箭再射過來，可就要了傷及肺腑了！

然而周滄並非有勇無謀之人，既吃了一塹自然長了一智，聽得背後響動，陌刀往後一扇，寬大的刀刃堪堪擋住了那暗箭！

牛進達卻是因此得了勢，反撲過來，一刀直劈而下，周滄橫刀來抵擋，卻因躲閃暗箭而未來得及提氣，架不住牛進達力大，滾落在地，又被牛進達一刀斬落，將手中陌刀劈飛到一旁！

牛進達打得毫無顏面，兩次借助下人使了下流手段，才佔據了上風，早讓周滄給打蒙了頭，此番得勢，還不將風頭搶回來？

眼看周滄落了地，牛進達也想著給周滄留個念想，覷準了周滄大腿，就要一刀抹下去，張久年等人自是驚呼連連，卻又無法分身來救，直是心急如焚矣！

正當此時，那尚未關閉的柵門之外響起一聲馬嘶，扭頭看時，卻見即將沒入地面的血色殘陽之中，一匹烈馬頂著一身紅甲，紅甲之上插著烈烈翻飛一桿紅角旗，不正是去而復返的忠武將軍，徐真是也！

且說徐真一見這等場面，也是心頭訝異，但見不得弟兄受難，篤定了牛進達必是始作俑者，心頭怒氣衝天，驅趕了戰馬如閃電一般衝鋒而來！

諸人見得徐真歸來，頓時啞口無言，好端端一齣戲頓時成了鬧劇，牛進達見得徐真身影，如一頭涼水潑下，清醒過來，收了刀勢，想著大事不妙，傷了周滄，這該如何是好，不過又想著既有長孫無忌撐腰，當是橫行無忌才對頭！

牛進達這邊停了手，張久年幾個慌忙將周滄給扶了起來，徐真的馬兒卻並未停歇，反而加速衝撞過來，諸多軍士攔都攔不住！

徐真心頭怒火熊熊燒起來，老子被你坑害，在外面出生入死，好不容易才活著回來，你們卻急忙忙就要拿我的弟兄開刀，若不還以顏色，何敢再稱爺兒們！

只見得徐真撞開人群，直接沖向牛進達，這廝也是心頭驚怕，直到此時才知曉周滄何以如此膽大包天，居然敢對上司叫囂，原來都是跟著徐真這主子學的！

高頭大馬迎面而來，牛進達不得不側身避過，徐真卻抽出長刀來，依仗戰馬的奔勢，一刀就將牛進達的日月大刀給磕飛了出去！

「律嘶嘶！」

戰馬嘶鳴人立，徐真棄了馬，拖著長刀走向牛進達，雙眸之中全無懼色，只剩下一片滿溢瀰散的殺氣！

「徐真！你這是做甚麼！」牛進達心虛得顫聲叫道，身子卻下意識後退，身邊親兵頓時靠上來，將自家主子護在後面。

徐真也不回答，微微埋著頭，一步步走向牛進達，那名放暗箭的心腹咬牙發狠，又要拉動弓弦，卻被徐真聽了響動，疾行數步，長刀揮舞一片寒芒，將那長弓連同四根手指給切斷了去！

「啊！」

那心腹小人殺豬一般一般哀嚎，徐真卻不以為然，也不看牛進達這邊，撿起地上那半截箭桿，摸了摸箭簇，鋒銳尖利，覷準了那小人的鎧甲縫隙，猛然刺了進去！

「啊！痛煞我也！將軍救我！」那小人朝牛進達投來求助的目光，而牛進達此時已然清醒過來，若這事鬧大開來，大總管追究清查，自己卻是說不清楚，若能平息了徐真的怒火，死一兩個兵士又有何可惜？反正上了戰場，也都是大片大片的死而已。

然而心中雖是如此想像，見得徐真一言不發將箭簇刺入，牛進達與周遭諸人也不免心寒發冷，可徐真卻是喃喃幾句，搖了搖頭，低聲說道：「嗯……不對……有點偏了……」

眾人也不知徐真之意，正疑惑之間，卻見徐真踩著那小人的後背，竟然生生將那箭桿又拔了出來，連帶撕扯下那人好大一塊皮肉！

徐真將箭頭在那人的後背上遊移了一陣，又看了看周滄身上的傷口位置，終於點了點頭，再次將那箭桿給插了進去！

「啊，這次對了……」

徐真微微扭頭，朝牛進達等人嘿嘿一笑，牙口潔白，笑容燦爛，一如人畜無害的鄰家小郎君，然則諸人心頭卻如墜冰窟，發涼到不行……

# 第一百一十二章 夜營二女徐真送甲

俗語有云：「龍有逆鱗，觸之必死，但凡間之人物，盡皆有著底限，或看重妻子，或珍惜財物，或追求權勢，不一而足，一旦遭遇阻滯，必以死報復。」

對徐真而言，財富權勢雖不能視之為糞土，但自己的女人和兄弟，卻永遠排在前端，皆因這二者乃是徐真之歸屬，是他與這大唐世界的羈絆，無人能夠斬斷，但有傷害者，必遭徐真無以復加的報復！

且說周滄被人放了冷箭，徐真當以眼還眼以牙還牙，偏那牛進達不敢聲張，只能忍了這口怒氣，以期徐真平息怒火。

徐真也不理會牛進達，自帶著弟兄回營房歇息休養，然則內心卻是一片冰涼，這看似強盛的大唐，實則也是暗流湧動，人心叵測，充滿各種傾軋爭鬥，爾虞我詐，越發想著，他心頭那份國民榮譽感，也就冷淡了許多。

人總是有著私心短見，若非與李明達曾經生死相依，若非當今聖人對他恩寵有加，若非他徐真還需要借助皇家力量來完成自己的終極大計，他還真不想再為大唐打拚。

一夜漫長，雖背有箭傷，但這種程度的傷痛對於周滄而言，直如搔癢，不屑一提，反倒因為徐真替他出了頭，周滄感銘肺腑，諸多弟兄也是心頭溫暖，若有烈酒相佐，說不得大醉三萬六千場，只是礙於牛進達又要抓拿把柄，故此作罷。

徐真回了營房，細想張久年和諸多弟兄與自己的講話，想起李無雙和張素靈義無反顧站在自己這邊，心頭難免感動，想了一下，徑直走到了李無雙的營房來。

這丫頭武藝高強，防人之心甚為警惕，加上白日裡又發生了衝突，故而不得不細心提防，聞得動靜，連忙抽刀警戒，出言喝道：「外頭是何人！」

徐真早已料到這丫頭機醒，慌忙出聲道：「是我。」

聽得徐真聲線，李無雙才鬆懈下來，打開了營帳的簾子，正欲開口發問，徐真卻兀自走了進來。

她臉色頓時羞紅，雖說作了男兵裝扮，又習慣了拳腳，但到底是個未出閣的女兒家，最近對徐真又有些癡纏不清的心結，如何能獨處一室？

正欲呵斥徐真出去，沒想到徐真卻開始脫衣服了！

「這死色鬼果然賊心不死！原來竟是覬覦奴家多時也！當真將奴家視為輕便女子了嗎？」李無雙通紅了臉面，胸脯兀自起伏，一半是憤慨於徐真的輕佻舉止，一半卻是因為內心的掙扎！

至於內心如何來了掙扎，就連她自己也說不清道不明，只知一股撓人心肺的暖流從身體最深處被急速喚醒過來，如那粉桃帶了露珠子，滿心潮濕膩人，諸多煩擾卻又讓人激動難明。

她畢竟也只是一個十六歲的姑娘，雖已到了談婚論嫁的地步，但對男女情事到底只是朦朧瞭解，今番親身體會，竟是這等癡迷滋味，又讓她如何不遲疑？

然而她出身皇家宗師，飽受教育疏導，自恃身份，又豈能忍受徐真這般無恥的行徑，當即飛起一腳，踢在徐真後背上！

「死色賊！竟敢在本郡主面前作這等齷齪之事！」

徐真沒甚防範，被一腳踹到在地，吃了個狗啃泥，狼狽到了極點，頓時無明業火三千丈，熊熊升騰而起！

也正是因為有了今日牛進達等人的挑釁，才使得他擔憂李無雙之安危，又想著這丫頭是個不按常理出牌的人兒，若是哪天不安分，真跟著自己上了戰場，有個閃失，又如何向李道宗交代？

念及此處，徐真才想著將自己的貼身金絲軟甲相贈，生怕拿在手上引了諸多弟兄嫉妒，再者還有個張素靈，未免厚此薄彼的嫌疑，也就進了李無雙的營帳，才脫了那金甲給她。

沒想到李無雙將自己當成了無賴流氓，而且這份心思從初遇至今，一直從未消除過！哪怕自己幫著她父親在朝堂上說話，哪怕自己為了她捲進這場戰爭，都無法消除自己在她心中的印象！

想到這裡，徐真也是怒火滿滿，一個掃堂腿將李無雙放倒，雙手環住她的腰肢，順勢將其壓倒在地，面目猙獰地威嚇道：「是啦！是啦！徐某就是垂涎妳李大小姐的美色！今夜就是來奪妳貞操，妳待如何！」

那李無雙沒想到徐真會如此直接，頓時驚呆了，睜大了美眸，直勾勾盯著徐真，一時間竟不知如何以對！

這廂遲疑，徐真卻將手按在了她的胸前，李無雙才知曉徐真說得並非假話，嚇得淚水滾滾落了下來。

徐真見得李無雙落淚，嘴角不覺抽搐了一下，終是起身來，背對著李無雙說道：「雛兒太小，爺看不上眼，爺找個大的！哼！」

李無雙羞憤難當，想起徐真所作所為，胸脯那處還在發燙，聽說徐真又要去禍害別家，思來想去，這軍中除了她，也就只剩下張素靈了！

她與張素靈多有交往，又兩相依賴，豈能讓徐真再去糟蹋張素靈，遂抹去了眼淚，提刀追出帳外。

這一遲疑，徐真已經鑽入了張素靈的營帳之中，接著帳中燭光投影，卻見得張素靈主動為徐真寬衣解帶！

李無雙這才驚醒過來，張素靈雖然是個自由之身，但對於徐真而言，已然跟家奴無差，她又豈會像自己這般拒絕徐真！

念及此處，李無雙心頭頓時空落落地，難受得緊，卻又捨不得離去，只遠遠看著那營帳上的剪影。

徐真也沒想到李無雙會跟著自己，他怒氣上了頭，本好心好意要將金甲相贈，以護衛李無雙周全，沒想到這小丫頭居然如此看待自己，心灰意冷之下，遂將金甲交給了張素靈。

張素靈的武藝不行，卻是機警得很，擅長逃竄，得了這金甲，就更是性命無憂，她本就是古靈精怪的姑娘，又有三戲徐真的前事，更是多次扮演徐真的替身，為求逼真，更是將徐真的秘密都聽了去，除了穿越者的身份之外，估計徐真對張素靈並無保留，坦誠程度可比凱薩！

且張素靈自小流落教坊，大官小吏見得太多了，這察言觀色的本事也不小，早知徐真看似浪蕩無賴，實則內心淳厚溫柔，心裡對徐真也是越發的親近，自小孤苦的她，也算是找到了兄長一般的依賴。

徐真本就欣賞張素靈這份敏銳，將金甲相贈之後，也就離開了營帳，想起李無雙那委屈流淚的樣子，心裡如何都開心不起來。

且說李無雙見得徐真停留不多時就出了營帳，於剪影之中又不曾看到些許羞人場面，心頭稍安，連忙進得帳房來，想要撫慰張素靈，卻沒想到張素靈脫了外甲，上身著一金甲，於火燭照映之下，熠熠奪目，直教人羨煞了心肝兒！

「無雙妹子，這金甲如何？主公適才贈與我的，真真貼合心意咧！」張素靈嘻嘻笑著，芳容綻放，於金甲襯托之下，真是神仙模樣！

李無雙猛然抬起頭來，驚問道：「他……他是來饋贈金甲的？」

「是啊，不然還要如何……」張素靈睜大了眸子，突然想起李無雙的言外之意，也是沒臉沒皮的笑起來，繼續說道：「我家主公風流倜儻，雖不敢妄稱美男，卻也是難得的俊俏人物，心性又好，待人溫柔，若真……真有那個意思……姊姊我還求之不得咧……」

張素靈調皮地掩嘴笑道，李無雙陪著苦笑，心頭卻是艱澀得要緊，若自己不是一直對徐真有所成見，這金甲也就穿在自己身上了。

她出身貴族，多少寶貝不曾見過？只是耽誤了徐真這份好心善意，又鬧了個不愉快，難免讓人心有不適。

一時寂寥，也不與張素靈多做糾纏，默默回了營房，卻又懊悔自己的所作所為，替徐真感到委屈，倒是恨起自己來。

如此一想，這一夜也就變得漫長了起來，然而正當倦意慢慢襲來之時，營房外卻想起了集結的號角，李無雙陡然驚醒，連忙穿戴披掛，提了刀就衝了出去。

一營人馬早已集結在一處，只見得牛進達全副武裝，傲然坐於馬背之上，全軍將士精神抖擻，一副磨拳擦掌的模樣，個個秣馬厲兵，看這陣勢，想來是要對松州發動夜襲了！

徐真也沒甚好心情，回了營房悶悶睡下，也沒得個深睡，就被叫喚了起來，一聽說牛進達要夜襲松州，頓時醒了大半！

若無慕容寒竹這等謀士在身側，牛進達夜襲敵營，足以一舉破敵，一如那史料所載，說牛進達乘蕃軍毫無防備，夜襲其營帳，斬殺千餘人，贊普聞訊震驚，加之屬下厭戰情緒日高，大臣八人自殺，遂令撤軍，遣使往長安謝罪，並再次請求通婚，太宗應允。

然而如今時勢不同，有慕容寒竹在一旁運籌，器宗弄贊必定加強了防備，若貿然夜襲，只能將自家軍隊葬送於沿途的諸多埋伏之下矣！

徐真思慮良多，也顧不了與牛進達剛結下樑子，出列反對道：「徐某不同意這次夜襲！某白日才到松州走了一遭，沿途不知佈置了多少的敵軍，敵人又有所防範，若貿然夜襲，只能招致反殺也！」

這牛進達哪裡能聽得進徐真的話，白日裡所經歷的衝突，讓他對徐真恨之入骨，又有心腹在旁挑撥，說只要夜襲松州，就能夠將所有軍功都掌握手中，讓徐真得不到尺寸功勞，徒增軍中笑料罷了。

亦或者將徐真本部驅為先鋒，將敵軍所布埋伏全數吸引出來，他牛進達再隨後殺出，以徐真本部人馬為誘餌，勢必能夠將吐蕃軍隊殺個落花流水！

牛進達想到獨佔軍功的榮耀，不免心花怒放，朝中又有長孫無忌等熟人講話，勢必能夠躋身一流戰將的行列矣！

想到這裡，他也不再顧及徐真，拿捏著主將的威風，朝徐真說道：「本將軍已定下策略，徐都尉再勿多言！權且下去點了軍馬，領軍先行，替我大軍打個先鋒！」

他刻意不稱徐真為將軍，而稱之為都尉，實乃提醒徐真，作為統軍，他必須要聽從牛進達的安排！

聽得牛進達如此下令，徐真頓時一冷，真真是不怕神一樣的對手，只怕豬一樣的隊友了！

第一百一十三章

# 寒竹決策唐軍遭伏

古有詩云：「歲歲金河復玉關，朝朝馬策與刀環；三春白雪歸青塚，萬里黃河繞黑山。」道不盡邊塞之血腥與動盪。

且說牛進達欲夜襲松州，徐真卻深知慕容寒竹掌控吐蕃局勢，故而極力反對，乃知兵者是兇器，聖人不得已而用之，誰不想蕭關逢候騎，都護在燕然？可雖有那一身轉戰三千里，一劍曾當百萬師的猛將神將，然則諸多兵士卻難免有家不得歸，徒送了無辜卿命。

這牛進達雖是魯莽之輩，畢竟在大唐軍中打拼多年，四處碰了壁，也就學了乖，需知這松州乃劍南道通往吐谷渾的要道，蕩平了吐谷渾之後，在此設立了下都督府，兵力不過萬，韓威戰敗，也是情有可原。

但牛進達等人率五萬大軍而來，若消極不前，必定受到朝廷文官的指謫，況且聖人即將對遼東用兵，這吐蕃之事，自該果決快速處置妥當，如此才能稱了聖人之心意。

松州城西北三百里有甘松嶺，並有通軌軍鎮守，通軌軍以西就是党項，而党項西北通往吐谷渾，越發彰顯松州之要塞關鍵。

党項歸了唐之後，大唐於其地設置羈縻州和軌州，拜其首領為刺史以治其民，而後除了最為強悍的拓跋部，其他諸部都紛紛歸順了大唐，唐又設置了諸多州郡加以控制，直至侯君集突襲了吐谷渾王城，拓跋部也終於歸降，唐又設立了幾近三十餘個羈縻州，這些州郡大多隸屬於松州都督府。

如此可見松州之要緊，且吐蕃突破了甘松嶺，直撲松州，大敗韓威之後，原本附屬大唐的部分羌酋竟然發動了叛亂，其中就包括闊州刺史別叢臥施、諾州刺史把利步利，若不能短時間之內將吐蕃逐出松州，待得党項這三十餘羈縻州的人馬騷亂起來，局勢就越難控制了！

徐真固有熱血，又心疼尋常軍士之無辜，然牛進達於軍中多年，審時度勢，此時打算夜襲松州，雖有失妥當，卻無可厚非，實是松州之局勢牽扯甚廣，需以迅雷不及掩耳之勢以謀之取之！

之所以突然決定發動襲擊，也是因為松州都督韓威率殘部集合過來，直言吐蕃雖號稱領軍二十萬，然細細考量推敲，卻大有灌水的成分。

吐蕃軍隊劃分為四十東岱，東岱就是千戶所而已，其時四十東岱剛剛形成，每個東岱也就管理一千多戶，每戶出一兵，則其總兵力有五萬就已然到了頭，而只待李道宗和劉蘭匯合過來，唐軍步騎一共五萬，實力相當之下，吐蕃又如何能夠抵擋這些訓練有素的大唐天軍？

這韓威新敗，急欲挽回聲名，牛進達又求勝心切，意圖打壓徐真，二人一拍即合，就謀劃了這一起夜襲松州的策略。

韓威正為說動了牛進達而暗喜，見得徐真出面反對，當即憤然，松州雖只是下府，都督也是從三品，徐真雖為忠武將軍，卻只是正四品上的散官，其實權不過只是統兵一千二的上府折衝都尉罷了。

堂堂武衛將軍牛進達和松州都督韓威，居然被徐真攔了下來，這牛進達倒是親眼見過聖人對徐真的格外親睞，然則韓威卻只是道聽塗說，見得徐真如此目中無人，當即拍馬而出，指使手下親兵道。

「區區都尉，何敢如此違抗軍令！漫不是將我軍監督視若無物耶！左右速速拿了他下去！待我等大勝歸來，再問了他的罪！」

周滄見這牛進達怎地不開眼，還要動他家主公，當即就要暴起傷人，這番卻是被徐真瞪了回去，任由左右監軍將其拘了起來。

牛進達只道徐真知曉了他和長孫無忌的合謀，不願上前赴死，心頭冷笑不已，既徐真不敢上去打頭陣，他牛進達就領軍橫掃吐蕃，反正徐真抗命不從，已經有了整治他的由頭藉口，先拿了松州這樁大功勞再說。

「徐真，不是我牛進達針鋒相對，你從軍也不是一兩天，該知違抗軍命乃是大罪，今番我等先破了城，再論處置之事。」

徐真雙手被縛，其手下府兵也多為不齒，覺著自家都尉貪生怕死，沒個志氣，羞愧難當，心裡暗罵徐真無膽，若非周滄等人嚴加約束，這群不知死活的軍士說不得就要主動請戰了。

分明是為了保住他們的性命，不感恩也就罷了，反被誤解，若是以往的徐真，早已暴跳如雷，放了這群急著挨砍頭刀的死鬼上去送命，但此時他卻平靜如水，只是微笑以對。

韓威見不得徐真故作深沉的模樣，催促著讓人將徐真押下去，好生看管，徐真卻昂起頭來，朝牛進達說道。

「將軍，並非我徐真貪生怕死，實乃知曉此戰必敗，某充當使者，一路見識諸多關隘埋伏，還望將軍三思，莫葬送了諸多袍澤之性命……」

牛進達聽徐真情意懇切，心頭也是遲疑了些許，那韓威卻用馬鞭指著徐真罵道：「大戰在即，你非但抗命，還要咒罵戰敗，蠱惑軍心，真當我大唐軍律只是擺設不成！某一路從松州而來，沿途有多少敵軍佈置，難道不比你清楚！」

徐真沒想到韓威戰敗也就罷了，居然還敢擺架子，心裡早已看不起此人，沒了好感，嘴上也就不再留情面。

「韓都督說得極是，似我等貪生怕死之輩，若當彼時，也就只顧著逃命，又豈會留意沿途敵軍佈置，韓都督既然胸有成竹，徐某也不敢再言……但是……有句話徐某不得不說在前頭，還望三軍將士替我做個見證！」

徐真說道此處，不覺提高了聲音，中氣十足朗朗而道：「今夜徐真抗命，實乃為保存軍士性命，不願做無謂犧牲耳，二位將軍不聽勸阻，若戰勝了，徐真自是請死於軍前，若戰敗了，那死去的軍中戰士之人命，盡皆要算到二位將軍的頭上！」

牛進達見得徐真說得如此篤定，如那未卜先知的再生諸葛，不得不讓人動容，一番軍士被徐真如此感染，也都動了疑心，可計策已定，又被徐真如此一攪，卻是騎虎難下，不得不為！

念及此處，牛進達再無遲疑，大聲下令道：「徐真妖言惑眾，怠慢軍心，笞三十，戰後繼問其責，一律並罰，諸將士且隨本將軍殺入松洲，守疆衛土，驅趕蠻夷，復我山河，壯我國威！」

那韓威早已受不了徐真，喜滋滋就讓人將徐真拖下去，扒了軍裝打了三十棍，將徐真丟入了軍牢之中！

周滄幾人急欲相救，卻被徐真擋了下來，並非徐真不自愛，實在這一頓軍棍不得不受，以便於戰後得以自救，考慮長遠，也就忍了下來。

他有李靖親傳《增演易經洗髓內功》鞏固內息，又有七聖刀秘術和瑜伽術強健堅韌肉身，那行刑軍士又忌憚他忠武將軍的身份，不敢用力，故而皮肉傷痛並不算得什麼。

牛進達由是與韓威領兵三千，又有一千步軍殿後而行，出了城寨，直撲松州城而去。

這韓威乃松州都督，對地形地貌尤為熟悉，又一路逃回，記憶深刻，不多時就領了一千先鋒打開路線，沿途剷除大小十餘個崗哨，頗有風捲殘雲之勢，士氣於是大振，諸人紛紛爭先，未過半夜，已然距離松州城只有不足十里！

前方隘口則是緊要之處，有小甘松嶺之稱，兩側高山密林，其中又有深谷幽壑，實乃易守難攻的小要塞。

韓威也並未如其所言，將一路敵軍全然掌控，其時倉皇逃命，哪裡顧及這許多，只是求勝心切，為了說服牛進達出兵，這才誇下了海口來。

今番到了小甘松，先遣斥候打探了一番，見著並無埋伏，將士心頭大喜，多有笑話徐真貪生怕死，拱手送了首功之輩。

牛進達與韓威相視而笑，一如整座松州城已然到手那般，遂驅趕了人馬，輕輕鬆鬆過了這小甘松隘口。

正加速行軍，一舉攻入松州城，未想左右突然傳來炮響，滾石落木如那天崩山塌，白羽和火箭鋪天蓋地而來，僅在眨眼之間，就吞到了尾巴上那一千步卒的一小半！

「敵襲！敵襲！」

「有埋伏！果真有埋伏！」

信心滿滿的唐軍先鋒突遭伏擊，陣型頓時大亂，一來一往，又被山上的吐蕃軍射死了數百騎兵，剩餘步卒借助盾牌，或可倖免，那些高頭大馬的騎兵卻無從躲避，紛紛落馬！

「反擊！反擊！」

牛進達心頭大駭，慌忙忙指揮應戰，然為了便於急行軍，這一千步卒已然是累贅，又怎會帶有弓手方陣，哪怕有了弓手方陣，想要逆射山上敵軍，也是吃力得緊，所謂居高臨下，勢如破竹，當是如此也！

眼見軍士傷亡慘重，根本組織不起有效反擊，牛進達心頭懊悔難當，直罵道：「韓賊誤我也！」

遂掩軍敗走，又遭吐蕃軍一番攔截剿殺，逃至東方發白，屁股後面僅剩千餘人，步騎混雜，狼狽不堪，且身上多有傷勢，哀嚎遍野，軍心渙散，形似流民散兵，全無餘勇，真真讓人喪氣到了極致！

如今徐真之警告猶在耳邊，營寨之中的袍澤還在等著壯士得勝榮歸，牛進達羞愧得無地自容，只得灰溜溜領著殘兵，回了營寨。

這殘軍剛剛離開，小甘松嶺上，黃紅貴服的吐蕃新王器宗弄贊撫掌大笑，而慕容寒竹卻雙目微眯，高深莫測，只看著唐軍的尾巴，似乎並不太滿意此戰的成果。

「軍師果真料事如神，此天人之智，足當大論[4]之職責也！」

註

4 吐蕃丞相稱之為大論。

慕容寒竹輕笑擺手以示謙遜，卻也受了器宗弄贊這番讚譽，然而說者無意聽者有心，慕容寒竹身為漢人，對吐蕃指手畫腳，更深得贊普賞識，一干吐蕃老人卻心中警惕，聽贊普說慕容寒竹有大論之才，真正的吐蕃大論卻不高興了。

此人今後註定為漢人所熟知，是為吐蕃大論噶爾東贊域松，也就是漢人口中的祿東贊！

第一百一十四章

# 徐真用計韓威受辱

俗語又說，物離鄉貴，人離鄉賤，慕容寒竹追隨光化漂泊塞外多年，雖每每思鄉情切，然終究是習慣了這方水土。

如今輾轉又到了吐蕃，眼看又要受到諸多妒恨和排擠，心裡也是有苦難言，如他這等經天緯地之才，似那暗室之明珠，黑夜之星斗，又如何能夠遮掩這熠熠光輝？

韜光養晦故能錦衣夜行，然慕容寒竹低迷已久，好不容易才顛覆了吐谷渾，讓自家公主坐上了王座，正要大施拳腳，以謀劃更大的天地，又何懼旁人之恨？

且說這祿東贊也是個海底一般深的心肝，雖妒恨慕容寒竹之才，卻又不似一般老人長者那般排斥，反而事事問計，竟也得了器宗弄贊的誇賞。

只是背地裡又不斷挑唆，使得諸人離心，勢必要將慕容寒竹剷除，以正君聽，每日宣揚大唐威嚴，軍隊強悍，四處征伐，各部各族恨不得敬而遠之，偏今贊普受了慕容寒竹這毒士的挑唆蠱惑，竟主動挑戰大唐天威，豈非自尋煩惱，自尋其辱則已？

若說是為了贏取大唐公主，以修建兩國友好交往，卻如何捨近求遠，不如到了鄰國泥婆羅，求娶尺尊公主也是大美好的事情了。

那泥婆羅也不是甚麼天威大國，既嫁了公主過來，今後還不得對吐蕃敬了三分，怎地都比伺奉大唐要好啊。

經過祿東贊如此一分析，諸多老人皆以為此次入侵松州，皆歸咎於慕容寒竹，非明智之舉，私下裡其實都動了退卻之意。

然器宗弄贊崇尚大唐風物，求親七次而不得尚唐公主，心中多有不甘，今番趁著大唐急於對遼東用兵，這才發動了騷擾，眼看著就要成功，又豈能輕言放棄。

一旦將公主娶了回去，受了大唐皇帝的封號，今後吐蕃就能夠從大唐繼承傳與播諸多先進工藝和技術，與吐蕃政經發展，國計民生，都有著極為強大的助力！

器宗弄贊有著遠大的抱負，斷然不可能被這一幫老人羈絆了腿腳，任是諸人苦勸，也只是重用慕容寒竹，守下這松州來。

既得了弄贊賞識，慕容寒竹又多有韜略，以大隋舊制訓練軍兵，又針對唐軍來排軍佈陣，打造諸多軍械，竟贏得了軍中人心，越是將軍權盡握於手，他本是有天地經緯的謀臣，手中有兵，天下又有何懼？

自是將松州管理得井然有序，讓器宗弄贊看到了漢人管理用度和調節資源的手腕，更是對慕容寒竹佩服至深，多有賞賜不說，族中少女更是任其把玩。

慕容寒竹也並未耽於美色，但有靚麗勤勞貼心的美姝，先送到了伏俟城，以供光化驅使，好生伺候，弄贊自覺慕容寒竹不忘舊恩，是個忠誠之人，他日也必定能夠死忠於自己，遂越發敬重。

松州這邊儼然成了規模，而唐軍卻迎來了一番整肅！

且說牛進達與韓威大敗而歸，心知無臉見人，生怕大總管李道宗責難，慌忙將徐真從軍牢之中請了出來，好生撫慰，敬若天人。

軍中戰士見得牛進達與韓威士氣昂揚而去，灰頭土臉而歸，所領軍士十亡六七，傷亡慘重，憶起徐真戰前箴言，心頭大為驚駭，皆以為徐真有未卜先知之能，更有諸葛復生之智！

徐真的部下起初還謾罵徐真懦弱怯戰，巴不得跟隨牛進達爭搶軍功，心中對徐真多有不喜不敬，待得牛進達和韓威大敗而歸，始知徐真救命之恩，三五糾集起來，到了徐真營房前請罪。

周滄等人見慣了這些人的嘴臉，也不想讓徐真諒解，打算將這些人都打發了事，徐真卻想趁機拉攏軍心，假裝傷勢甚重，瘸了腿子挪出來，寬恕了這群有眼無珠的屬下，自是得了人心。

這沒過幾天，大總管李道宗和行軍總管劉蘭相繼領兵前來回合，聽聞軍中彙報，對牛進達和韓威之舉也是頗為震怒，然大戰在即，也不想動輒重罰，免得寒了人心，故而只是將過錯記了下來。

一干將領又齊聚中軍大帳，商議進軍松州之事宜，牛進達和韓威吃了大敗仗，損了一千多人，顏面全無，哪裡還敢出聲。

然而他畢竟受了長孫無忌的囑託，不肯放過任何坑害徐真的機會，見得帳中愁雲不展，氣氛凝滯，故而斗膽站出來建議道：「前番某與韓都督求勝心切，才導致大敗，然軍中卻有一人心如明燈，洞若觀火，對敵我清晰了然，今松州之戰拖延日久，若請之叩城，可獲大勝也！」

諸將聞言，心中盡皆明瞭，這牛進達顯然在徐真面前受了挫，心頭不服，欲挑動徐真上陣，也好挫了徐真的銳氣。

李道宗身為軍中老人，設身處地來考量，似牛進達這等軍中老人，又有幾人能服了徐真？

這徐真年紀雖小，卻異常沉穩，心機城府深厚，臨事諸多考校，謀而後動，三思而後行，實在由不得人不嫉妒。

若有心維護，又如何平息軍中老人的怨氣？身為主將，李道宗深諳權衡之道，此事如何處置，還需看徐真如何應對，故佯問道：「進達所舉之人，可是忠武將軍徐真？」

牛進達雙眸發亮，行禮朗聲道：「正是徐郎！」

徐真早知牛進達賊心不死，若非事前得了李治的暗中提醒，還真以為上輩子跟牛進達是死仇了。

李道宗將目光投於徐真，後者微微挑眉，無聲嘆息，終究不等李道宗發話，出列自請道：「徐某不才，忝居諸府統軍，實無寸功，經不起諸位將軍讚譽，今得提攜，願冒死奔赴，拿下松州！」

這次輪到李道宗諸人心頭詫異了，這徐真何來膽色，竟答應得如此乾脆，莫不成他當真是諸葛復生，身有錦囊？

李道宗拍案稱善道：「好！徐將軍不愧為天子門生，深受聖上器重，果是有勇有謀，今番真能拿下松州，必記首功，但有所求，將軍盡可開口了。」

徐真暗暗讚嘆，這李道宗不愧是官場老油子，難怪貪污被罷黜之後，能夠如此飛快地恢復元氣，這為官手腕實在玩得滑溜，心知徐真此番應允，必有所求，將這話兒都說得滴水不漏，讓人無法拒絕。

其他人見李道宗開口，牛進達和韓威幾個又巴不得馬上將徐真趕到戰場上去，當即一個個附和道：「對！徐將軍要我等做些什麼，儘管開口！」

徐真見得如此光景，不由冷笑起來，諸人心頭沒來由發涼，只覺徐真笑容詭異，心中多戚戚，只聽徐真輕笑道：「徐某既斗膽領了這狀子，自然要言出必行，不過確實需要一個人來輔助少許……還望總管恩准……」

李道宗知道徐真又要耍小心眼，但既然徐真願意上戰場，他總要給徐真一些甜頭，遂問道：「不知徐將軍所求何人？」

牛進達和韓威此時才陡然驚醒，冷汗頓時淋漓落下，這不正是徐真報復他們的最佳時機麼！這心頭甫定，果見得徐真指著韓威道：「徐某所求者，韓威都督是也！」

韓威眉頭輕輕一跳，穩了穩心神，直言問曰：「不知徐將軍所求何事？」

徐真也不含糊，開門見山就說道：「徐某為今要使苦肉計，思來想去，韓都督接連兩敗，必受重責，然松州窘境非常人所能理解，吐蕃背後那謀士必定以為都督會生出異心，若都督敢受了這苦肉計，拿下松州，但在朝夕，都督當居一功，足可補過矣！」

雖口頭說得好聽，但無論是韓威、牛進達，亦或是李道宗和其他人，心中皆以為徐真不過是為了報復那三十軍棍之仇罷了。

這古時戰事策略，雖奇正制勝，然今時之人早已熟讀，又豈會輕易中套？

諸人皆惋惜之時，韓威卻出列道：「某乃敗將，不敢言勇，然到底是我大唐兒郎，又豈懼區區苦肉之計，但聞將軍詳情！」

徐真由衷而贊道：「好！都督果真好膽色！且附耳過來！」

諸人見徐真如此神秘，連軍中之人都不透露，在大總管李道宗面前還要賣弄關子，實在心有不悅，然大總管都不發話，又有何人敢口吐怨言？

李道宗也是無奈，這小子絕不可用常理以度之，若非徐真力挺，他也無法統領諸道軍馬，領銜這場戰爭，又怎會掣肘於徐真？

韓威附耳傾聽，只聽見徐真低語道：「此計雖名苦肉計，卻又有連環的玄妙，都督當如此如此這般……」

韓威面色冷峻嚴肅，初時眉頭緊皺，大為不喜，而後卻雙目放光，如啟神智，彷彿被那佛光灌了頂，頻頻點頭，目中絲毫不掩對徐真的敬佩！

待得計策囑託乾淨，韓威竟正容朝徐真行禮道：「徐將軍韜略驚豔，韓某受教，甘受皮肉之苦，以解松州之恥！」

徐真朝他點頭微笑，而後呼喊來人後，結結實實將韓威打了一大頓軍棍，那場面實在不堪，整個後背鮮血淋漓，逼真十足！

是夜，韓威領著十幾個親兵，投松州詐降去了，徐真卻點齊了兵馬，飽食裹甲，秣馬厲兵，竟然是要夜襲松州！

一聽夜襲二字，非但牛進達，連軍中諸將都冷汗直冒，他們是吃夠了夜襲的苦頭，今番換了徐真上陣，又見韓威自甘受辱，使了苦肉計，皆以為徐真有出奇制勝的奇謀，哪裡想到居然還是夜襲。

這換湯不換藥的伎倆，難道還騙得過松州城裡那些吐蕃人？說不好弄巧成拙，反遭羞辱，落得牛進達與韓威那般下場，那可就要貽笑大方了。

李無雙被徐真命令在營帳之中待著，心頭卻氣憤那夜贈金甲的羞人事，見得張素靈內襯金甲，傍於徐真身側，心頭倔強，忍不住混入了軍中，說不得要上陣殺敵，好教徐真知曉，她李無雙並非無用的女流！

# 第一百一十五章　夜訪行本韓威受難

夜色深沉雲朵輕，風蕭蕭兮月未明，徐真將軍欲襲營；可惜未見屍千里，先聽百鬼吹風鈴。

但說營寨之中早已馬銜枚，人肅靜，只要徐真一聲令下，就往松州方向衝殺過去！只是徐真卻遲遲未見動靜，三千騎兵靜默蕭殺，心胸怒火戰意早已積攢滿溢，只能強行壓了下去，如那暴漲的潮水，不斷擠壓著單薄的河堤，隨時有著暴發的可能！

李道宗也是領軍的老將，深知有些東西，看不見摸不著，卻時刻左右著戰局的勝負，例如鬥志，例如策略，例如士氣。

身先士卒，奮不顧身地衝殺，有萬人不當之勇者，足可為將；心繫兵士，掌控全域，將兵又能將將者，才可稱帥。

以徐真此時對己方士氣的掌控和調節，足見其有著為帥者的潛質，也不枉他李道宗撥付了三千騎兵與他，此舉難免有些超出了徐真職位所能統領的數目，但以徐真一貫以來的功績和作風，也足以讓這些騎兵心服口服。

然而暗自不服氣的也大有人在，除了左武衛將軍牛進達之外，還有左領軍將軍劉蘭這樣的軍中老將[5]。

眼看子午已過，徐真卻丟著三千騎兵於夜風之中待命，四周圍火把熊熊燃燒，照耀方圓，哪裡有半分夜襲敵營的姿態！

果不其然，又過了小半個時辰，諸多騎兵已然顯出疲態來，士氣早已洩了大半，徐真還未見動靜，牛進達和劉蘭等人按捺不住，恨不得將徐真這故作姿態的小人拖下馬來暴打。

守了大半夜，徐真才登上點將台，仰頭看了看天象，又舔舐指頭，於風中探了探風向，低頭沉吟了一番，終於發了話：「嗯……本將軍心裡頭占了一卦，今夜不宜襲營，諸位袍澤都去歇息吧……」

徐真此言一出，簡直如一把火炬丟入了滾熱沸騰的油鍋之中一般，在夜風之中抖擻了大半夜的軍中兒郎，恨不得將徐真給生撕了！

反倒是起初對徐真有成見的牛進達和劉蘭等軍中老人，見得徐真此舉才心中暗暗驚奇，雖不明徐真之意，但他們不會認為徐真愚蠢到要故意挑撥軍士的怒氣，如此做法，對

註

5　劉蘭，亦作劉蘭成，史料記載不多，但卻是一個兇殘的傢伙，資治通鑑裡也作劉簡。

徐真簡直有百害而無一利，以徐真的性子，他又怎會使出這等昏招？

軍士們紛紛歸了營，徐真卻命值守的士兵仍舊點足了三千火把，不得熄滅，一直要燒到天亮。

李道宗雙目發亮，竊以為徐真果是胸有奇招，待得諸人退散，連忙召見徐真，想要私自問清楚徐真的策略。

徐真到了李道宗的營帳之中，面對李道宗的質疑，也只是苦笑一番，輕輕搖頭道：「李總管，徐真雖精於占卜，但也不敢拿諸多弟兄的性命來做賭，今夜不出兵，皆因有貴人混於軍中，怕有個傷亡閃失，愧對了李總管的厚愛……」

李道宗難免失望，繼而有些憤憤，這貴人他是見過不少，但混入軍中來，阻攔了徐真夜襲敵營的貴人，他李道宗倒是想親眼見識見識！

「徐真，那貴人現在何處？可否讓老夫見上一面？」

徐真哭笑不得，攤了攤手道：「總管要見，徐真自然不敢不從……」

言畢，徐真拍了拍手掌，卻見得張素靈將李無雙給強推了進來，李道宗微眯起一雙老眼，借著營帳中的燭火光輝，終於是將男兵打扮的掌上明珠給認了出來，當即氣得鬍子都吹了起來！

「胡鬧！妳……妳這姑娘，怎地如此任性而為！」

徐真無視李無雙對自己的怒視，拉著張素靈離開了營帳，背後只傳來李道宗暴跳如雷的責罵和李無雙斷斷續續的辯解。

其實徐真並無出兵的意圖，待得張素靈將李無雙的蹤跡偷偷報上來之後，他就乾脆將責任都推到了李無雙的身上，如此一來，李道宗就能夠徹底支持他徐真了。

解決了李無雙這個麻煩之後，徐真並未回營歇息，而是來到了後方的匠營，其實營中同樣有夜禁，除了當值軍士，其他人等不得擅自走動，警戒軍士見得徐真前來，也不敢阻攔，放入營中。

諸多營房早已黑燈瞎火，只有一處仍舊投射著夜讀的剪影，徐真輕笑一聲，行至營帳前，輕聲問候道：「徐真深夜造訪，可曾打擾了先生？」

營帳之中響起一聲驚訝，又似有用具被碰翻，那人才赤足出迎，卻是一名風流儒士，年約三十，面容俊美，抓住徐真的手腕就往營帳裡引，口中卻不停告罪道：「徐師莫喊先生，這要折煞了姜確也！」

張素靈聽得姜確二字，心頭猛然一震，暗自驚奇道：「此人便是大宗師姜行本？怎生得如此俊俏！」

她久居教坊，對朝中人物自是諳熟，這姜行本滿門功勳，算得望族之後，乃聖人近臣，早在武德八年就官居工部侍郎，在隴州開五節渠，引水通運河。

到了貞觀年，主持修建九成宮與洛陽宮，深受聖上賞識，為表厚愛，遂轉為左屯衛將軍，又選矯健敏捷之士，衣五色袍，乘六閒馬，名曰「飛騎」軍，皆隸屬姜行本之下，直屯營以充仗內宿衛，聖上每幸各地，必使其相隨侍從。

這姜行本與閻立德旗鼓相當，皆是沉迷工巧之人，閻立德趕赴萊州建造戰船，準備征遼之事，聖人也就只好將姜行本派來鎮壓吐蕃這邊。

臨行之前，閻立德只能將徐真所需要打造之物的圖紙，盡數交付給了姜行本，雖心有不捨，但聖命難違，這姜行本得了圖紙之後，果真又如閻立德一般沉迷其中，若非徐真被牛進達推到前線當使者，他早已黏著徐真不放了。

數日來不斷參詳鑽研，姜行本愈發不可收拾，幾近廢寢忘食之地步，今夜得徐真親來，又豈能不歡喜雀躍。

且說徐真與姜行本入了營房，當即開始細細解說圖紙，姜行本如撥雲見月，似那天盲開眼，時不時拍股道絕，對徐真更是推崇備至。

張素靈久聞姜行本大名，見其問道於徐真，恭謹謙遜，將徐真奉為先生，言行之中多有崇拜，此時在張素靈眼中，只覺自家主公朦朦朧朧，高深莫測，彷似年少的軀體之內，住著睿智而深邃的靈魂一般！

如此商討到了天微亮，徐真才回營去歇息，而姜行本則招呼工匠，開始將圖紙付諸現實，匠營頓時一片熱火朝天。

這一夜對於諸多軍士而言，是頗為氣憤的一夜，對於李無雙而言，是恨透了徐真的一夜，對於徐真而言，是值得期待的一夜，對於姜行本，又是終生難忘的一夜，可對於投敵詐降的韓威而言，卻是難熬的一夜！

且說他帶了十數名親信，夜奔松州城下，被吐蕃軍士押送到了器宗弄贊和慕容寒竹前面來，一身傷勢仍舊觸目驚心，本以為足以騙過敵人，連忙警告說唐軍要夜襲松州，不想卻又被慕容寒竹所懷疑，招致拷打，幾近喪命。

到了後半夜，慕容寒竹還是不信，堅持要將韓威等人處死，軍中卻有人來報，說敵營隱有火光，或有夜襲，弄贊連忙帶著慕容寒竹上了城頭，果見得遠方夜空一片紅亮！

慕容寒竹自是多疑，弄贊卻有些動搖，連忙讓祿東贊傳令下去，城下諸營全軍戒備，一時間紛紛動員起來，人喊馬嘶，人心惶惶。

祿東贊又夜審韓威，這廝將唐軍兵力和具體佈置都傾倒出來，祿東贊回去與諸多謀士合議對質之後，證實韓威所言並不虛假，由是信了韓威，解了束縛，好生治療，又款待諸多降卒，上報了器宗弄贊。

弄贊是個胸懷廣闊之人，向來崇拜大漢之將，恨不得將大唐名將都收入麾下，聽了祿東贊的彙報，連忙親見韓威，多有賞賜，善加撫慰，賜了女婢好生服侍，算是對韓威深信不疑了。

然而慕容寒竹卻不容易騙過，他登上了城頭，眺望了一番，竟大言不慚，直言韓威假降，下令諸多軍士各自卸甲，回營歇息去了。

以祿東贊為首的諸多舊臣認為慕容寒竹掌控軍權，玩弄贊普心緒，乃善辯之佞臣，昔日推翻了吐谷渾，今次又來禍害吐蕃，對他早已心懷忿恨，今夜又見他專權擅用，遂使了祿東贊到器宗弄贊面前去搬弄口舌。

器宗弄贊自信慕容寒竹，然祿東贊是首輔大臣，弄贊初登大位時也僅有十三歲，國內政事皆由祿東贊等老臣操持，勞苦功高，死忠耿耿，向來親密。

這祿東贊也是個玲瓏心，並不直接說慕容寒竹胡作非為，反而讚頌王上慧眼如炬，得了韓威，自是掌控唐軍兵力和動向，今後可高枕無憂矣。

器宗弄贊得了祿東贊的稱頌，心裡也是歡喜，正要睡下，卻聽得服侍的女婢竊竊私語，說道慕容寒竹曾妄言贊普有眼無珠，連敵人詐降都看不出來云云，弄贊心頭頓時佈滿陰霾，就要殺了這兩個女婢。

但沉思了片刻，又忍了下來，只是召來貼身侍衛，使其到軍中打聽，那侍衛也是祿東贊的人，將慕容寒竹私自命令軍士放棄警戒之事回報於器宗弄贊，雖當夜果無突襲，但器宗弄贊對慕容寒竹，已然不喜了。

這才睡下不久，祿東贊又使人來報，說慕容寒竹要趁夜斬韓威，器宗弄贊本就心緒不佳，聞言頓時大怒！

第一百一十六章

# 寒竹被棄徐真兒戲

慕容寒竹雖清寡懷才，卻也不是那無意苦爭春，一任群芳妒的孤高寒士，可又見不得偌大的棋局被人破壞，許多時候不得不自折羽毛，也要顧全大局，然史上懷才招嫉之事數不勝數，這慕容寒竹也脫不了木秀於林，風必摧之。

且說他洞察韓威之詐降，心知此乃徐真之苦肉計，欲趁夜斬了韓威，以斷後患，卻被祿東贊的忠信通報上去，引了器宗弄贊急忙來救。

這韓威也算是一條好漢子，歷經拷問卻始終三分真假，咬死了牙關也要將徐真的計策奉行到底，如今被慕容寒竹綁到了行刑臺之上，仍舊泰然處之，不失唐將風格，可謂鐵骨錚錚！

器宗弄贊匆匆而來，見韓威風骨健朗傲人，心中越發喜歡，連忙喝住了行刑的軍士，慍怒著問道：「軍師何以至此，本王雖敬重軍師，然如此大事，軍師不奏不問，動輒殺人，可曾對本王有半分敬畏！」

慕容寒竹見其發怒，連忙辯解道：「王上向來穎慧，如何遭佞臣蒙蔽，此人乃松州都督，吾等鵲巢鳩佔，其人恨不得吃吾等之肉耳，又怎能輕信了他的忠誠！」

器宗弄贊少小登位，心中最忌便是臣子把持政事，好不容易掌控了權柄，今番見得慕容寒竹非但毫無敬畏，居然還敢頂撞自己，頓時怒起。

「軍師還請謹慎言行！這松州之民盡皆党項、拓跋等部，這些人豈是生來就該歸唐，既可歸唐，又如何不能臣服於吐蕃！軍師妄論王臣，莫不成我吐蕃朝中盡是佞臣，唯獨軍師忠信於我不成！若軍師執意僭越，又與佞臣有何差別！」

器宗弄贊拂袖背身，不再看慕容寒竹，後者雙眸一黯，輕嘆一聲，知曉事不可為，心中難免無奈寂寥，躬身抱歉道：「是臣魯莽了……然此韓威斷不是忠誠之人，還請王上斬之以絕後患！」

慕容寒竹言畢，器宗弄贊也不回頭，只是冷哼一聲道：「何人生來便忠誠於本王？即便是軍師你，生於大隋，卻入吐谷渾，又叛了吐谷渾，入我吐蕃，若相較起來，軍師比這韓威，又如何？」

此話剛落，慕容寒竹雙耳嗡嗡，如遭雷擊，知曉自己與器宗弄贊之間已然生了間隙，怕是今後都難以彌合，也不敢多做辯解，只能仰天長嘆，無奈告退，韓威等人由是得免。

而器宗弄贊卻只覺自己戳中了慕容寒竹的痛處，想必說中了他心中隱秘，對慕容寒竹更是離心離德，心裡難免惋惜和鬱鬱。

曾幾何時，他君臣二人談論天下古今，商議國計民生，似乎找到了真正可以依賴的人，可如今，正因為韓威這事，才看清楚了慕容寒竹的面目，回想起來，倒是祿東贊這幫土著老臣子，對自己始終如一。

念及此處，憶起自己對祿東贊等人的冷落，器宗弄贊心裡也是自覺虧欠，命人給諸多老臣賞了牛羊和松州城內的女奴，以期彌補，又放過韓威，好生照顧，這才心頭稍安。

祿東贊等一干老臣見贊普幡然醒悟，不再受惑於慕容寒竹，皆大歡喜，這松州人心安定，居然比之前還要生機勃勃，將士歸心，眾志成城，頌揚贊普之功德，器宗弄贊也是心頭歡喜，越發冷落慕容寒竹。

松州既鬆懈下來，早有密探將情報送將回來，徐真笑而不語，整日騎馬出遊，帶著斥候四處打探，又與姜行本登上高地，看望天機，是夜又整肅起奇兵來。

諸多軍士見徐真前夜如兒戲，心中多有不服，是故並不以為意，軍紀懶散，人心渙散，鬥志全無，李道宗等老人都看在眼中，自覺不宜出擊，徐真卻反其道而行之，倉皇之下，命軍士明火執仗，多舉旗幟，少帶輜重，輕裝速行，才小半夜就來到了小甘松嶺！

那些個吐蕃守軍見密密麻麻的火把和旗幟，越發篤定韓威所言，唐軍果然有夜襲的意圖，又看不清人馬數量，只道大軍壓境，慌忙回報松州城，器宗弄贊命大將點齊兵馬，馳援小甘松嶺！

徐真不緩不急勒住了人馬，也不下令進攻，只讓軍士擂鼓搖旗，吶喊作勢，不知內情者皆以為唐國全軍出動矣！

小甘松嶺本有二千守軍，然前日贊普犒賞三軍，有一半軍士回松州本部歇息療養，如今防禦空虛了一半，守軍也不敢大意，見得徐真軍馬到來，慌忙射出漫天的箭雨，雖是夜晚，但那白羽如雪般落下，也是頗為壯麗。

只可惜夜色不甚明朗，吐蕃軍士又拿捏不好雙方間距，羽箭絕大部分落在了徐真陣前的空處，少許膂力驚人的神箭手能將羽箭射出，到了陣前已是強弩之末，破不了甲，傷不了人。

唐軍騎兵見得敵人發動射擊，頓時激起一股滔天戰意來，人喊馬嘶，紛紛抽刀舉槊，就要衝殺過去，將小甘松嶺給拿下來！

正當此時，松州城的吐蕃援軍傾巢而出，滾滾而來，聲勢浩蕩如風暴海嘯，徐真微瞇雙眸，舉起手中長刀，終於下達了軍令。

「撤退！」

此令一出，諸多唐軍如暴怒一拳打在虛空處，非常不得力，心頭憋屈到了極致，卻又制於軍令，值得憤憤鬱鬱縮了回去。

李道宗等老將也弄不清楚徐真的意圖，徐真雖有戲耍敵軍之意，但如此一來，連己方軍士也一併戲弄，將軍中戰士得罪了個遍！

這吐蕃援軍剛剛趕到，唐軍卻又退了回去，諸將不明所以，遂求計於器宗弄贊，弄贊雖驍勇善戰，畢竟窮於兵法韜略，本欲求教慕容寒竹，卻又拉不下臉來，只好召見祿東贊等人。

祿東贊等一干老臣難得贊普歸了心，儘管將些好話來說道，只稱唐軍懼怕小甘松嶺天險，不敢擅自衝鋒，只要派重兵把守山嶺隘口，唐軍就絕對不敢過來。

這些遠征唐軍無所建樹，他們的皇帝陛下就會心切局勢，也就只能答應和親，說不得連松州都當嫁妝送與吐蕃了！

器宗弄贊雖不是個愛聽奉承之言的人，但祿東贊等人分析得頭頭是道，他也自覺有理，由是心喜，放鬆了城中軍士，只需加派人手鎮守隘口作罷。

如此過了五天，唐軍每夜必來，每次都氣勢洶洶，卻又戛然而止，鬧得隘口的吐蕃軍人心惶惶，真假難分，到了後來，見得唐軍來，也沒了警惕，反正這些唐兵也只是做做樣子罷了。

右領軍將軍劉蘭是個火爆脾氣，他雖不在先鋒營，但卻見不得徐真慵懶應付，幾次三番指謫徐真，又與牛進達聯合起來，向李道宗施壓，勢必要撤掉徐真的指揮權。

李道宗壓力如山大，只能私自召見徐真，後者卻仍舊神秘兮兮，最終抵不過李道宗以釋權威逼，將李道宗帶到了匠營之中。

這匠營得了徐真的囑託，時刻有重兵把守，閒雜人等不得入內，整日瀰散刺鼻的氣味，鐵匠每日每夜叮叮噹噹弄個沒完，那些欲戰不得戰的軍士早已對徐真心懷不滿，加上匠營日夜騷擾，更是怨氣沖天。

然而李道宗從匠營歸來之後，似乎吃了秤砣鐵了心，任由諸多將領如何勸說，李道宗只是力挺徐真則已。

如此一來，牛進達和劉蘭等人反而更加的仇視徐真，卻又毫無辦法，徐真又不再顧忌這些個老將，一時間只能聽之任之。

牛進達幾個偃旗息鼓之後，徐真反倒活躍起來，從騎兵之中招募果敢之事，私自傳授武藝，經過重重篩選，得親兵三百，秘密訓練，諸人好奇，多有相逼，那三百人卻是絕口不提。

且說這一夜，唐軍照舊來騷擾，吐蕃這廂早已麻木，應付著射了一輪箭，也就等著唐軍回撤。

器宗弄贊終究熬不過好奇之心，不好再問慕容寒竹，遂想起韓威來，召入金帳之中，細問其詳。

韓威細想徐真之囑託，終究是等來了器宗弄贊問計，心頭大喜，遂將徐真事先交代的說辭都告之弄贊，後者卻是喜不自禁。

原來這唐軍也不是鐵板一塊，老將猜忌新人，新人驚憚老將，戰略上也是分歧頗大，前番牛進達私自動兵，傷亡慘重，已經被徐真取而代之，然而老將對徐真多有不服，徐真為人又乖張，獻計稱每日佯攻，逢場作戲，使得聖人不再取信於一干老人，是故如此作為耳。

器宗弄贊恍然大悟，終究是安心下來，每日犒賞軍士，只待唐軍揚灰而去，李世民就會答應求親。

他本就是為了求親而來，如今佔據松州，獨享諸多資源人力，早已心滿意足，麾下軍士常年馬背之上討生活，如今得了城池，多有安樂，軍心也散漫了下來。

倒是慕容寒竹不肯放鬆，卻又無可奈何，弄贊對其言不聽計不從，他也是心灰意冷，卻又不忍離去。

如此過了三天，徐真再次發動騷擾，諸多軍士早已習慣了這種節奏，對徐真抱怨不斷，卻又不得不飽含怒氣而出，賭氣一般行軍，只覺那條路都被踏熟了。

然而這一次，徐真卻將那三百秘密軍士帶了出來，任由騎兵先行，三百人護著三四輛拋車和數輛衝車，緩緩而行，還有五六輛遮蓋得嚴密之極的輜重車在後面跟著，姜行本隨軍而行，紅光滿面，壓抑不住心中喜悅！

那二千多騎兵一番搖旗吶喊之後就退了下來，徐真卻下了命令，使其穩住陣腳，只需聽得雷響過後，就發動衝鋒！

諸多將士心中嘲笑不已，這風歇雲停的，又何來雷霆聲響？

徐真也不說破，只是笑而不語。

## 第一百一十七章

# 天降神雷名為驚蟄

其時朝堂歷經動盪，年後接二連三的叛亂與平叛，出了這松州之後，三月未央，卻少見雷雨。

徐真讓騎兵留守，待雷而動，真真將自己當成呼風喚雨的諸葛武侯不成？與諸軍將士的私心嘲諷不同，姜行本此時眼中，一襲紅甲的徐真，不是諸葛，卻勝過諸葛！

且說輜重車緩緩前行，本部放心不過，李道宗又命牛進達和劉蘭、執失思力率軍殿後而行。

遭遇徐真幾次三番佯攻之後，小甘松嶺的吐蕃軍早已麻木懈怠，唐軍卻仍舊不得開戰，怨氣沖天，將士懷恨在心，急切著要發洩，若徐真此次再半途而廢，說不得連李道宗都壓制不住諸多將士的怒氣了。

牛進達等人也都是百戰之猛將，尋常攻城軍械見識頗多，但出自名家姜行本的拋車、衝車和雲梯等隨軍而行，皆使得三人心頭激蕩，知曉今次要動真格，積壓了多日的鬥志，不禁沸騰起來。

然徐真乃此戰的主將，不得其操控，身為殿後軍的三大猛將，或許連跟在後面吃塵的機會都沒有，心中竟齷齪到祈盼徐真戰敗，好讓他們上場爭功！

徐真卻是好整以暇，一副掌控全域的姿態，三百親兵緊密守護著那幾輛重重包裹遮蔽的輜重車，終於來到了小甘松嶺的隘口。

吐蕃軍雖然散漫，見得唐軍退散，皆以為又和往日一般，卻見得數百唐軍運輸輜重而來，心頭非但不驚，反而大喜。

蓋因這數百人入得隘口，滾石落木一推下去，幾百人連聲響都發不出就要被徹底淹死，又帶著輜重，想來是以物質來求和了！

吐蕃軍正要將此喜訊傳回松州城，卻見得唐軍為首一將，紅甲覆體，後插角旗，手挽狹長刀鋒，於火光之中，如那夜行的血修羅！

徐真雙眸微瞇，眉頭一挑，長刀直指兩側山口，身後軍士快速行動起來，將拋車全部推到陣前，數人合力，轟哢哢絞起來，後方輜重車的軍士卻將重重遮蓋打開，搬出一顆顆如大西瓜一般的圓形鐵彈來！

軍中皆知徐真擅長火器，吐谷渾一戰之中獨創火炮真武大將軍，其時真武大將軍已經隨神火營運往幽州和營州，想來聖人封賞安置徐真本部人馬之時，就已然動了征伐遼東的心思！

如此一推敲，高賀術和胤宗、謝安廷等徐真的心腹都到了營州，想來聖人征遼，必定要用到徐真，從彼時起，聖人已然開始籌謀著要重用徐真了！

然此時並非思考這等閒事之時，只見得徐真坐鎮指揮，軍士有條不紊，小心翼翼將鐵彈都送上了拋車，只待徐真一聲令下，就要朝山上發動進攻！

「終於要開戰了！」

見得徐真要動手，早已壓抑了數日的唐軍，士氣一下就高漲到爆棚！

牛進達等老將心中雖激動，但不得不承認，徐真這欲揚先抑的手腕，對於調節士氣而言，雖有些極端，卻有效至極，且能騰挪時日，令姜行本能製造出拋車等攻城器械，卻是有著可取之處。

只是仍舊有著讓人不解之處，這鐵彈黑不溜秋，看似沉重，但從搬運軍士的步履和體態，想來鐵彈並非實心。

若非實心鐵彈，還不如打磨山石，即快速又節省，何必費時費力去鑄造這等雞肋之物？

李道宗察覺到諸人的不解與不滿，但他的雙眸熠熠生光，望著那高高揚起的拋車，就好像看到大唐軍旗已經插在松州城頭一般！

「控！」

徐真高聲下令，拋車紛紛蓄勢蓄力至滿，這三百親兵訓練了幾日，雖不知這鐵彈為何物，但對拋車的威力可是一清二楚！

見得準備就緒，徐真長刀一揮，聲如暴雷：「發！」

「嘭嘭嘭！」

拋車接二連三發動，鐵彈撕裂空氣，帶著尖嘯高高飛起，分別轟擊到左右兩側的山頭之上！

吐蕃軍還在暗喜，沒想到對方才數百人就敢發動攻擊，這等距離，羽箭無法射及，拋車卻能夠做到，但對方的拋車數量太少，借助山峰躲避防禦，殺傷力實在有限得緊，諸多吐蕃軍頗不為意，反倒紛紛嘲笑起唐軍的無用之舉。

然而他們的笑容很快就戛然而止，因為那些鐵彈轟擊在山頭之上，居然如平地驚雷一般爆炸開來！

「轟轟轟轟！」

刺目強光一閃而過，爆炸聲卻震耳欲聾，強大的衝擊波帶著碎裂的鐵彈片，裹挾碎石四處炸開，附近的吐蕃軍或被砸爛腦袋，或被洞穿胸腹，數十名密集的軍士被衝擊波撞開，滿身是血，跌落到山谷之中！

隘口的山嶺如遭遇地龍撞擊一般被撼動，無論是遭襲的吐蕃軍，還是殿後的唐軍，或是親自操控著拋車的親兵，甚至於親自研製出自爆鐵彈的姜行本，所有人，在這一刻，都震驚了！

此等手段，實乃操控天地雷火之力，驚天地泣鬼神而不足以道盡其凶威！

山嶺上的吐蕃軍還未回過神來，已然大片死傷，此時他們才想起吐谷渾人傳說之中的那位燒柴人，那個操控了火神之手的阿胡拉之子！

「難道……難道他……就是那個徐真！」

「就是他！他就是聖火教的神使！」

「長生天啊，我們都做了些什麼！才招惹來天意的懲罰！」

吐蕃軍這才醒悟過來，儼然死傷過半，那驚天動地的炮彈卻仍未停止，每一顆炮彈落下，都會奪走十數條人命，受衝擊波及，傷者更是不可勝數，吐蕃人向來虔誠，一時間將徐真視為修羅惡魔，哪裡還敢再停留，紛紛奔下山嶺，逃往松州！

徐真曾言，待得雷響，即可衝鋒，然一千騎軍早已被震懾當場，將徐真視為天神地仙，此時見得兩側山嶺都被生生炸平，碎石四處橫飛，此等力量，堪稱鬼斧！

牛進達曾經大敗於此，徐真雖遲遲不出兵，一出兵卻只憑藉三百人，數輛拋車，就幾乎將整個小甘松嶺蕩平，可謂驚心動魄矣！

此處隘口要塞一破，唐軍可長驅直入，兵臨城下，直面松州，又有姜行本所造攻城器械，更有徐真的雷炮，小小松州，取之易如反掌！

「唉……此戰功勞，必盡數歸於徐真矣……」牛進達等人雖然心有不甘，卻又不得不服，早在吐谷渾之戰時，徐真所造的真武大將軍，被當今聖上視為重器，早早搬運到了幽、營二州，如今又造出如此驚天地泣鬼神的雷霆炮彈，整個大唐軍界，還有誰敢小覷徐真？

想必此戰之後，徐真在軍中之途，就再無阻滯了！

那執失思力本是突厥降將，與吐蕃人和吐谷渾人一般，對器械一道並無所聞，今夜見得徐真炮火之神威，心頭兀自震撼，久久不得平復，待得大軍匯合，連忙上前來與徐真見禮。

他不似牛進達這般倨傲蠻橫，也不像劉蘭這等暴躁衝動，雖生性粗獷，卻又因出身異族，而有心結納廣交，故對徐真並無反感，小心問起這炮彈的名號來。

徐真與姜行本相視而笑，皆知此炮彈已然震懾三軍，然其時確實沒有給炮彈定名，徐真謙遜，就將此事交給了姜行本。

姜行本卻不願奪了徐真的功勞，一番謙讓之後，徐真也就沉吟了片刻，而後緩緩道曰：「如今二月已末，本該萬物出乎於雷震，蟄蟲驚而出走矣，然卻久久不見春雷春雨，今夜震懾霄漢，此雷不如就名為驚蟄罷！」

「驚蟄！」

姜行本聽得此名，撫掌稱善，朗笑不止，敢以凡人之物，以天時氣節而名之，徐真果真有大氣象也！

執失思力稍稍一想，頓覺巧妙，對徐真之才思更是佩服起來。

後方唐軍紛紛聚攏，過了隘口之後，又將要塞的吐蕃軍一路掩殺，沿途暗哨明崗一併清掃蕩平，可謂勢如破竹，待得三更時分，已經直達松州城了！

對唐軍來說，這松州城不過是瓦舍一般，得了姜行本的攻城器械和驚蟄雷之後，更是不堪一擊，故此，諸多將士都心有衝動，想著上去搏殺，建立軍功。

然牛進達先前欲害徐真，將徐真推上了這先鋒軍的位置，如今是悔不當初了，可轉念一想，若不是徐真聯合姜行本研造出驚蟄雷，換了其他人，也不知消耗多少軍力人命，才能拿下小甘松嶺。

此時徐真率軍攻城掠地，建立大好軍功，乃努力拚搏所得，眾人再無不服，牛進達雖然莽撞，但也不得不佩服徐真的才智。

周滄等人見自家主公又震撼了諸人，自然是與有榮焉，滿臉的自豪，只待徐真下令，他們就率軍攻城，使得主公徐真之名，再度震驚朝野！

然而面對遠眺著慢慢亮起火光的松州城，徐真卻猶豫了。

考慮了片刻之後，他轉回本部，拜見李道宗，直言道：「大總管，徐真不才，幸不辱命，拿下了山嶺要塞，只是攻城之事，徐真並不如諸位將軍熟稔，這攻城先鋒之責，只能推辭了，牛進達與劉蘭二位將軍德高望重，又是久經沙場的神將，不若就由二位將軍辛苦破城可好？」

徐真此言一出，軍帳之中頓時一片驚訝，眼看著天大的軍功就要到手，徐真居然拱手讓了出來，勞苦而不貪功，心胸竟是豁達至此！

李道宗雙眸一亮，欣慰地笑了起來，此刻的徐真，才算得是明白了朝中為官之道，若獨享了這番功勞，今後牛進達和劉蘭等人，甚至軍中大小將領，說不得都會傳說徐真的霸道貪婪。

可如今，將軍功分享開來，人人有份，這人心，自然是要歸屬到徐真身上來了！

「好！好！哈哈！」

李道宗爽朗笑著，整個唐軍陣營，終於一掃前幾日的壓抑，爆發出歡快而激烈的氣氛，人人渴望上陣建功，士氣直沖夜空！

第一百一十八章

# 吐蕃棄城初見仁貴

所謂取之有度，用之有節，心如大地者明，行如繩墨者彰，徐真分享軍功之舉，非但博得李道宗賞識，更是讓諸多將領無不心服口服。

牛進達對徐真多有阻礙陷害，劉蘭則不服徐真年少，與牛進達二人曾私下密議，欲將徐真置之險境，然徐真提名二人破城，主動分功與仇，可謂心胸博大，能容能忍也。《尚書》有云：「無忿疾於頑，無求備於一夫，必有忍，其乃有濟，有容，德乃大。」徐真對牛進達等人的行止，終於得到了諸多軍中袍澤的認同，皆以為徐真雖年歲不高，卻是個大德能容之人也。

閒話休提，既得了徐真的主動分享，李道宗也樂於做個好人，將諸道軍馬分離開來，分三面而處之，商議著分頭攻打松州城，一時間士氣大振，人人爭先！

唐軍這廂群雄慷慨，然松州城內的吐蕃軍卻是愁雲慘澹，隘口逃回的軍士心驚膽喪，憶起當時光景仍舊後怕不已，驚魂甫定又即將迎來唐軍攻城，可謂人心惶惶矣。

器宗弄贊攜祿東贊等前來撫慰，卻聽軍士描述那天地之威一般的驚蟄雷，紛紛驚奇不已，待軍士將徐真之名道出，又將徐真以往事蹟全數傾倒，眾人也是心頭駭然。

他們都是崇信之人，或侍奉長生天，或信仰佛陀，無論哪一種，都是他們生活的支柱，相信鬼神之力足以改變天地的草原人，聽聞徐真之事蹟之後，更是心驚膽顫。

器宗弄贊雖然對徐真感興趣，卻與徐真只有兩面之緣，無從瞭解徐真其人，不得不想起慕容寒竹來。

慕容寒竹在吐谷渾之時，就曾與徐真交鋒多次，該是對徐真知根知柢，但弄贊畢竟放不下臉面，遂命人召來韓威。

一番質問之下，韓威卻是憤慨不已，聲稱正是那徐真從中作祟，才導致他韓威受了重罰和羞辱，此子心計狠辣，為唐軍所不喜，與諸多將領多有間隙，將徐真污蔑得不堪人形，足見其對唐軍之憎惡。

然問及雷火炮彈之事，韓威卻又只道不知，只說唐軍之中從未有過此物，想來是徐真生搬硬造出來的產物，對於徐真所造真武大將軍以及營建神火營之時，韓威表示不屑，卻在言辭之中不斷暗示炮火之威力，諸多吐蕃人更是驚怕難平。

在韓威處得不到緊要情報，祿東贊等人對唐軍器械又一無所知，器宗弄贊唯有命人將慕容寒竹請來。

祿東贊見贊普又要召見佞臣慕容寒竹，心頭大為不快，遂進言道，唐軍勢大，又有神雷相助，雙方軍力相當，吐蕃兒郎習慣了縱馬草場，不善防禦城池，久攻之下必不能守，不若棄城而去。

諸多老臣也都忌憚徐真之雷，見得倖存軍士那傷筋斷骨、滿身被碎石流彈片撕碎的慘境，心中更是驚恐，退意已生，遂紛紛附議，支撐祿東贊之奏。

器宗弄贊意氣風發野心勃勃，正要做一番大事，這才和慕容寒竹不謀而合，如今老臣子保守鞏固，只知守成而不知開拓，又如何能得弄贊歡心？

其時兵臨城下，又見得老臣子這等姿態，器宗弄贊終究是念起慕容寒竹的好處，猶豫一番，又喝住侍衛，要親自去見慕容寒竹，祿東贊等人更是妒恨，紛紛諫言。

這器宗弄贊雖不是年輕氣盛，但此刻情勢危急，這幫老臣還在推三阻四，他也不由氣急，見得諸人欲棄城而走，更是心頭憤憤。

堂上兀自吵吵鬧鬧，慕容寒竹卻不召自來，器宗弄贊大喜，連忙賜坐。

自從受了排擠之後，慕容寒竹就變得低調，不再參與議事，每每託辭不出，只作傷春悲秋之態。

然如今唐軍三面而來，他再是坐不住，只得硬著頭皮來求見，沒想到正碰上弄贊要相請，遂上得軍堂來。

其乃大隋名士，又天才絕倫，對唐朝軍隊建制和各種器械及軍事無一不通，然徐真所造之物前所未有，他也不明所以，就連當初甘州大敗，他也未能親見神火營的神威。

聽取了諸多軍情之後，慕容寒竹稍稍沉吟，器宗弄贊不發話，又有哪個敢開口，堂上目光頓時全數落在慕容寒竹身上！

這位天才寒士全然不顧眾人的目光，心神沉浸於內，只顧著思慮對策，過得許久，終於打破了沉默，皺眉道。

「贊普，今夜之勢危急矣，徐真製造殺傷兇器，已然震懾我軍人心，唐人多有怪才，如閻立德、姜行本、李德騫之輩，盡皆善工能造之巧匠宗師，如今遼東備戰，其中有人或已奔赴戰地，但必有一人隨軍來到松州，主持製造攻城之器械。」

「唐軍氣勢如虹，群雄激昂，又有攻城重器，我放軍心渙散，怯懦畏戰，防守無方，此消彼長，敵強我弱，氣勢已然下落，若強守城池，三面受困，說不得要全折在此地了！」

慕容寒竹此言一出，器宗弄贊目光頓時一黯，他見得祿東贊等人思退，心頭亢自憤怒，本以為慕容寒竹有奇策奉獻，哪裡知道，等來的是同樣的結果，但他似乎又找回了原先那種感受，有慕容寒竹在身側建言，總覺心安無比。

「即使如此，軍師有何教我？」

慕容寒竹看著器宗弄贊充滿期待的目光，心裡又是一聲輕嘆，大難臨頭，終究還是想到他慕容寒竹，可惜，若早早聽從他慕容寒竹，又何至於此？

「既已難挽敗勢，當以減少損傷為首，若一味拖遝，只能徒添傷亡，以某之見，該留二千人馬死守城池，其餘各部從北門撤退，退守甘松嶺天險，以期喘息之機，徐徐圖謀之，如此才能將損失減至最低！」

慕容寒竹此言一出，吐蕃群臣頓時倒抽涼氣，此策一出，贊普和大部分軍馬自然能夠灑然離去，但那二千人馬，最終只能全軍覆沒，這是壯士斷腕之舉也！

祿東贊等一干臣子早已生了退意，明知此舉狠辣，卻又不敢反駁，倒是器宗弄贊心疼軍民，面露難色質疑道。

「軍師，真要犧牲這二千人之命不可嗎？可否留個五百人，於城頭多立旗幟，偽作主力，以蒙蔽敵人視聽，爭取撤離之時間？本王素聽漢人武聖有空城之計，此番不正好可以借用一番？」

慕容寒竹無奈苦笑道：「贊普才思敏捷，能思想此法也是大善，然此時唐軍重器在手，志在必得，就算我等本部人馬都留下來，他們也一樣毫不猶豫來攻城，這區區五百人故布疑陣也就沒有任何實質意義，慈不掌兵義不掌財，當斷不斷反受其亂，還望贊普果決！」

器宗弄贊見全臣如此，也只能忍痛下令，全城動員，先招募自願敢死之勇士，然吐蕃軍士見得隘口倖存軍士如此慘況，如何敢留守，器宗弄贊不得已，只能強留了二千人馬，自家卻帶著本部往北門逃脫。

臨行之前，韓威請戰，聲稱自己乃松州都督，懾於贊普軍馬強悍，無法守住松州一次，再不願第二次失松州，自願與松州同存同亡。

器宗弄贊心頭慌亂，早想著撤退，也未及多想，有感於韓威忠貞，遂允之，將韓威及其隨行軍士都留了下來，這才倉皇離了松州。

出了北門之後，守軍就將北門徹底堵死，這才慌忙忙分守其他三門，然見得唐軍茫茫多，不可計數，守軍早已肝膽盡喪。

這慕容寒竹出了北門之後，唯獨不見韓威，心頭大驚，問了才知被留在松州之內，不祥之預感頓時浮現出來，然則這二千人馬已成棄子，也就放任不顧作罷。

兵法多有軍貴神速，唐軍這廂雖帶了攻城輜重，但士氣滔天，不多時就做足了準備，三面潮水而來，將松州圍了個水洩不通！

韓威見得城下黑壓壓的唐軍，心頭大喜，見吐蕃人心渙散，遂召來親兵，用吐蕃語四處奔走勸說。

他也是急中生智，心知若此時勸降，讓吐蕃軍士獻城求生，勢必會被當成內賊，卻是反其道而行之，勸人主動出城接戰！

吐蕃人同樣精於草原衝殺，不善守城，諸多軍士心知已然被棄，心思各異，或有消極求降者，或有悲壯欲死志者，無論是哪一類，都不想困苦於城中，作那待宰的羊羔，韓威之策由是見效！

且說李道宗一聲令下，諸軍將士奮勇向前，正要強攻城池，卻見得南門轟隆隆開啟，數百敢死吐蕃軍奮勇衝鋒出來！

負責南門的牛進達心頭大喜，先命弓手方陣亂射了一陣，壓住對方的攻勢，而後率領重騎果斷迎戰！

兩股洪流轟然對撞，甲胄厚重堅固的唐軍如一柄滾熱尖刀切開熟牛油一般，瞬間破開了吐蕃軍的陣型，將騎兵陣型殺了個對穿！

這牛進達是個驍勇兇悍之人，又帶著騎兵折了回來，對陣型渙散的吐蕃軍展開了屠殺！

而另一面，性格兇殘的劉蘭根本就不懂欣賞吐蕃軍的悲壯，命人大肆屠殺，城下頓時血流成河！

韓威與親兵見還有八九百不敢出城的吐蕃軍，這才勸降了這些人。

這些吐蕃軍膽氣全無，見得敢死軍被屠殺殆盡，早已心頭喪失，聽了韓威的建議，放下了刀槍，由韓威舉了唐旗，打開東門投降。

徐真率領部下紅甲十四衛當先衝鋒，迎面而來小股敵軍並非敢死之人，也非欲降之士，只想著尋條生路出去罷了。

正欲帶兵去攔截，卻見得一彪人馬從旁衝殺過來，卻是執失思力的隊伍！

這位悍將也是一方人物，刀弓馬都十分嫻熟，然而徐真卻被其麾下一名小校給吸引了目光！

但見這名小校騎白馬，一身白袍更是惹眼，如那東漢錦馬超一般，一桿長槍出神入化，當真是無人能敵！

「周滄，去打聽一下，那人是誰！」

周滄得令，率軍衝殺過去，兩隊人馬彙聚成洪流，將那吐蕃逃兵攔截了下來，見逃生無望，吐蕃軍終於是棄械投降。

周滄於馬上高聲問道：「白衣兄弟，敢問尊姓大名！」

那人見得周滄威風八面，左衝右突，驍勇蓋過於自己，也不敢托大，馬背上抱拳答道：「兄長好氣魄！某乃總管麾下旗牌校官，薛仁貴是也！」

第一百一十九章

# 無雙遭挾徐真死救

前人有詩但讚西涼錦馬超，或曰：「西周馬孟起，名譽震關中；信布齊誇勇，關張可並雄；渭橋施六戰，安蜀奏全功；曹操聞風懼，流芳播遠戎！」後世又有人讚其獅盔銀鎧玉面郎，目如星，體賽狼。跋扈飛揚，報仇反西涼。六戰渭水逼潼關，魔鐵騎，撚金槍。

且說松州城下之戰，徐真於亂戰之中見得一白袍神槍校官，左衝右突無人能擋，所過之處血流成行，堪比那西蜀馬超也，心生愛慕，遂遣周滄前去詳詢來歷，聽得薛仁貴三字，心頭登時大喜。

徐真喜讀史，尚名將，說唐之演義評書等，皆有薛仁貴之典故，言說其出身河東薛氏，貞觀末投軍，征戰數十載，曾大敗鐵勒，降服高句麗，擊破突厥，更是留下了「三箭定天山」、「神勇收遼東」、「仁政高麗國」、「愛民象州城」、「脫帽退萬敵」等故事。

雖戲說畢竟有些浮誇，然薛仁貴確屬河東薛氏出身，乃隋唐十大族、關西六大姓（韋裴柳薛楊杜）之一，祖上多貴胄，及其父薛軌早喪，才家道中落。

薛仁貴少年時家境貧寒，地位卑微，不得不以種田為業，娶妻柳氏，此女乃賢慧遠見之人，不願見夫君武藝才能荒廢，是故稱皇帝即將御駕親征遼東，招募驍勇之將領，勸說薛仁貴來投軍。

其時薛郎已經三十歲，招納入軍之後，並未馬上分配到營州，而是先隨軍來了松州，因無戰事，才華不得顯露，但借祖上聲望，只做了個旗牌校官則已，今日一戰，卻是入了徐真的眼。

這周滄也是個喜愛豪傑之人，與薛仁貴並肩而戰，豪氣沖天，如比賽較勁一樣，卻是將這生死戰場，當做了比鬥武力的擂臺來，一來二往，惺惺相惜，頓時結下情誼。

得此猛將衝鋒陷陣，又有大軍碾壓，吐蕃軍如那螳臂當車，實在不堪一擊，戰鬥如狂風而起，又如暴雨驟停，唐軍勢如破竹，又有韓威領了降卒來投，順利奪下了松州城！

韓威知恥而後勇，今番又保全了性命，更是勸降了數百吐蕃軍，再回松州城，終究挽回顏面，雖身上傷勢猶在痛楚，卻對徐真感激涕零，牛進達等將皆有斬獲，吐蕃逃走匆忙，遺留甚多，輜重全數存於城中府庫，此戰可謂大獲全勝，諸人大喜，對徐真更無半分怨氣。

李道宗歡歡喜喜與諸多軍士入城，接受松州民眾夾道相迎，那吐蕃人野蠻不堪，多有侵佔，民眾飽受其苦，得唐軍到來，皆歡天喜地，一時間歡呼震天。

然而卻有人心頭憂鬱，落後於軍隊之後，只顧掃視著屍骸遍地的戰場，兀自濕了眼眶，正是那隨軍而行的李無雙也。

她本想為此戰出一份力，可李道宗護女心切，又怎肯讓其上場拚死，只留在身邊觀戰，這小丫頭起初還技癢難耐，躍躍欲試，可見得吐蕃軍慘烈戰死之後，心頭越發沉重起來。

雙方軍士皆是父母所生，或有妻兒相守，或有親人望歸，又無私人仇怨，卻要以死相拚，身不由己，只要敢上得這戰場者，皆為使人敬佩之輩也。

她親眼見著一個年僅弱冠的吐蕃軍士，躺倒於血泊之中，衣甲碎裂不堪，屍骸更是不成形，至死還保持著驚恐萬狀，如此年紀，正當花開之際，卻慘死於戰場，又如何讓人心安？

若不是她不想嫁到吐蕃去，就不會有這場戰爭，平日裡雖紈絝刁蠻，然李無雙內心裡卻是個細膩的姑娘，不由自責難忍，將雙方軍士的死，都歸咎到了自己的身上，此時她才醒悟，若犧牲自己一人的姻緣，得以避免成千上萬人的生死之戰，又何惜此身？

張素靈見得李無雙感傷，也只能無聲相伴，過得許久才振作了精神，入城安頓。

這都督府本是韓威的大宅，可如今有李道宗這位行軍大總管，自然要將宅子讓出來，其他軍士除了駐守各門之外，接在城外紮營安頓，對民眾秋毫無犯。

吐蕃軍雖往北逃遁，但生怕賊心不死，唐軍勢必要趁勝追擊，將吐蕃軍徹底驅逐出去，是夜於都督府議事，李道宗下令犒賞軍士，諸將於府中飲宴慶功。

徐真乃今次大勝之功臣，諸人對其又拋棄了成見，牛進達和劉蘭等雖是魯莽，但卻耿直，把酒致歉，一洗前嫌，徐真寬宏大量，多有諒解，可謂不打不相識，滿堂歡聲笑語，諸人皆大歡喜。

既得了和解，這些個軍中兒郎也拚了命來敬酒，徐真討饒不過，喝得七葷八素，只得施展尿遁，藉口方便，出了宴廳。

其時夜色深沉，涼風習習，雲朵低低，空氣之中滿是清新水汽，想來即將迎來一夜春雨，這綿綿絲絲的水霧撲面而來，徐真也是神清氣爽，感覺酒意都淡了下去。

緩和了一陣之後，徐真恢復了力氣，又在府中走動觀賞了一番，這才準備回去繼續飲酒，卻看到李無雙垂頭喪氣，滿臉幽怨，從側面走了出去。

今夜軍民齊歡慶，連軍士都放鬆了把守，李無雙又有武藝在身，徐真自然不會放在心上，雖見得李無雙面色有異，卻疑是她見不慣血雨腥風使然，故而放了過去，並未追趕。

也該是李無雙的命數，她白日裡見識了吐蕃軍的死狀，心受震撼，愧疚難當，連宴會都未參與，讓張素靈自顧慶功去，自己卻困於房中，思來想去無法排解，想著出府走動走動，卻沒想到遭遇了危難！

慕容寒竹雖撤了軍，但為了把握城中資訊，卻將隨身的死士留在了松州城內，這一共六人皆是隱匿於民眾之間的諜子，在都督府外探聽了情報，正想方設法要出城，苦思冥想無良策之時，上天卻將李道宗的女兒送到了面前來！

他們本不知李無雙之身份，但夜間探聽了一番，知曉主宅內院之中所住的人，必是首要將領的親眷，是故見了李無雙出側門，連忙將李無雙給圍了起來，其中一人從後面欲偷襲，這李無雙心思憂鬱，全無警惕，竟被捂住了口鼻！

然她畢竟是帶武之人，那死士又低估了她，淬不及防被李無雙掰斷手指，一個肘後擊，撞開心胸來，正欲呼喊，一口氣剛提升來，又被其他死士相擁而上，圍攻之下，居然無法出聲！

這些個死士出手狠辣，根本就不懂憐香惜玉，其中一人側面飛來一腳，正中李無雙左腿，痠痛之下，李無雙動作失穩，又被其他幾人挾住了手臂，往後扣了起來！

「救……！」李無雙剛發出一個聲，立刻被捂住了嘴，無奈之下，只能飛腿踢將過來，那死士卻窮凶極惡，短刃直接扎在了李無雙的大腿之上！

「唔！」李無雙痛入心肺，卻又呼喊不出，被六個死士挾持著，就要往北門而走！

值此時刻，黑暗之中卻閃過一道寒光，後面一名死士後心噗一聲輕響，身體頓時踉蹌了一下，半跪下來，卻見得一柄精緻飛刀插入後心，直至沒柄！

「有人！」其餘死士盡皆警惕，抽出隨身兵刃來，攔於胸前格擋，一邊拖著受傷的弟兄，一邊挾持李無雙往外走。

飛刀的主人自然是徐真！

且說他正欲返回宴廳，卻聽得側門傳來輕微響動，也不以為然，然而好奇駐足，卻聽聞李無雙短暫呼叫，連忙趕了過來，見得李無雙大腿血流不止，被拖著要走，連忙發了飛刀來救。

「該死！居然沒能射死！」徐真暗罵一聲，兀自懊悔起來，因著飲宴，他也並未穿戴衣甲，貼身長刀都落在了宴廳，全身上下也就飛刀能用。

這次趁其不備，射傷了一名死士，已然是僥倖，如今死士們全神戒備，他想要再偷襲就有點困難了。

而且他的飛刀向來不落空，但此時敵人已然戒備，又將李無雙頂在前面當箭牌，他也是無計可施，只能緩緩隨行，伺機而動，又不敢暴露了身形。

這等情勢之下，就算挨到了城門處，守軍也忌憚李無雙之安危，也只能對死士放行則已，念及此處，徐真咬了咬牙，雙手摸出飛刀來，疾行變狂奔，從後方追了上來！

「有賊！有賊！」

徐真一邊奔跑，一邊呼喊，然而城中夜禁未除，軍士又到外營一併慶功，出了四門守衛，街道空曠無人，居民也不敢擅自開門來援助，徐真很快發現呼救實乃愚蠢之舉。

那些個死士也是膽大之輩，見徐真孤身前來，激起了鬥志，揮舞了手中短刃來攻，徐真只能硬著頭皮接招，然所謂一寸長一寸強，一寸短一寸險，用數寸飛刀對抗兩名死士，實在有些吃力，一不留神就被抹了一刀，左臂鮮血頓時洶湧而出！

若非憑藉每日修習瑜伽術所得的靈活柔軟身段，頻頻躲開了致命攻擊，徐真早已成為敵人刀下之鬼也！

李無雙見徐真冒死來救，心頭急切難當，卻又呼喊不出來，徐真屏氣凝神，又用飛刀攻擊，然而貼身搏打，雙手無法長遠舒展，飛刀根本沒法子發出，不多時又中了一刀，徐真吃痛之下，被對方用刀給架住了！

這些人並不知曉李無雙乃唐軍大總管之女，只道是尋常親眷，心裡也擔憂能否逼開了城門，如今虜獲了徐真，卻是將徐真給認了出來！

「這番大事成矣！」諸多死士見得居然將徐真抓了，心頭頓時大喜，這可真真是天上掉下一件大功也！

## 第一百二十章

# 逃亡山洞雙擁而眠

前次說到李無雙有感於戰爭之慘烈，心懷悲傷，鬱鬱不歡，也未參與慶功飲宴，自困於房中，又不得解脫，遂出了都督府側門，卻遭遇慕容寒竹預留下來的死士挾持，幸得徐真中途躲酒，有所察覺，連忙出來搭救。

然倉促之間卻未曾帶有兵刃，隨身飛刀只傷了其中二人，自己卻落入了敵人手中，情勢也是不容樂觀。

李無雙雖跟隨李道宗左右，卻並未表明身份，諸多守門軍士見李無雙遭挾持，也不一定會開了城門，然此時徐真落入敵人手中，這城門卻是不開也得開了。

松州既下，唐軍也就將北門重新開啟，因生怕吐蕃軍再度來襲，故而北門守軍最多，此時見得六名死士挾了徐真和李無雙來逼門，慌忙要回報到都督府，然死士卻叫囂起來，若敢稟報，或不開門，就與徐真玉石俱焚！

徐真本就是朝中新晉紅人，聖人私自召見的新寵，又有諸多傳奇事蹟流傳於軍中，更是得到李靖和李勣兩位絕世大將的推崇，乃是諸多軍士的奮鬥目標與崇拜偶像，且於松州之戰居首功，守軍哪裡敢眼睜睜看著徐真受到任何閃失。

見那些個死士兇殘，軍士只能開了城門，這些人挾持了徐真和李無雙，不多時就沒入了黑夜之中，待得李道宗等人親自帶兵來追，早已沒了蹤影，氣急之下，連忙命諸多軍士展開搜捕，三五步一人，如拉網一般盤查，絕不漏掉一絲痕跡！

徐真心裡也是擔憂，若無慕容寒竹，按著史料所載，攻下松州之後，吐蕃就該遣使來謝罪求和了，然如今慕容寒竹將死士留在城中，必有他用，想來也是讓人極為不安。

這些個死士走出二里之後，馬上吹了暗哨，夜林之中窸窸窣窣走出兩名吐蕃軍士來接應，又得了這些死士的情報，遂命一人取了私藏快馬回報，

甘松嶺位於松州西北三百里，快馬到達之時已經天大亮，慕容寒竹一直在做著準備，聽說松州因失了徐真而大亂，連忙諫言器宗弄贊帶兵來襲！

此時祿東贊等人紛紛上奏，建議遣使講和，真如史料所在，若徐真不被死士擒拿，說不得也就按原先軌跡發展下去，偏偏徐真被俘，松州騷亂，又給器宗弄贊看到了希望，當即大喜，命慕容寒竹發動了全數軍馬，就要以牙還牙，再襲松州！

且說徐真也知曉情勢危急，推想慕容寒竹得了情報必定會來襲，若無法警示松州，軍士們都放開了來搜捕，待得吐蕃大軍壓境，勢必一敗塗地也！

其時兩名對方死士被徐真所傷，其餘四名見徐真深受重傷，又被五花大綁，李無雙大腿血流不止，故而也放鬆了警惕，各自歇息，只留那名接應軍士看守徐真和李無雙二人。

這徐真本來就是魔術宗師，開鎖解繩不在話下，又修練了七聖刀秘法和瑜伽秘術，筋骨軟綿，暗自就鬆了綁，他的飛刀藏於皮帶之中，也未被搜了去，看準了時機就猝然發難，摸出飛刀來，將那接應的軍士割開了喉嚨，輕輕放倒在地！

然而沒想到那匹快馬卻通了靈性，見主人受襲，兀自希律律嘶叫起來，將其餘人都給驚醒了過來！

「該死的牲口！」

徐真心頭暗罵，卻無可奈何，抱起李無雙就上了馬，倉皇奔入樹林之中，也該是天無絕人之路，二人依仗馬匹，終於是逃脫了出來。

都說屋漏偏逢連夜雨，船遲又遭打頭風，李無雙用手強壓著傷口，卻止不住血，眼看著臉色蒼白如紙，雙眸都難以睜開，徐真之身又有傷勢，偏偏這個時候，一個春雷炸響，憋了大半夜的雨水終於是傾盆瓢潑！

那馬兒性子又烈，難以駕馭，無奈之下，徐真只能四處搜尋，借著雷光摸到了一處山洞裡面來。

身上濕了個透，好在徐真的火石藏在皮帶套之中，並未潮濕，這山洞倒也乾燥，也不知何種小獸搭了個巢穴，徐真遂將這獸窩給點了起來。

有了光亮之後，徐真又在山洞之中搜尋了一番，狹小的山洞別無他物，他只能將馬背上的東西都卸了下來，除了一張生羊皮，其他的全部都用來助燃照明。

攤開羊皮讓李無雙睡下之後，徐真將衣服全脫下來烘烤，又咬了咬牙，將李無雙的外衣給脫了下來，同樣放在了火旁，李無雙自然羞澀，但眼下情勢，也不能顧及男女之防。

徐真用飛刀將她的褲子割開，見得傷口既深又長，手邊又沒針線沒藥散，無奈之下，只能狠下心來，將飛刀架在火上烤紅。

李無雙知曉徐真意圖，這是要用燒紅的刀刃來燒結傷口了，此法雖痛楚，男兒都未必能忍，但想要救命，目下的選擇也就唯此一途，若長途送了李無雙回城，且不論敵人會否追擊圍堵，估計李無雙也撐不到回去。

「徐……徐真……若我回不去了，就告訴我爹，讓他答應了和親……別再害了兒郎們的命……」李無雙生怕自己熬不過，頓時將自己心中最為糾結的問題給說了出來。

徐真眉頭緊擰，轉過頭來卻變成了胸有成竹的微笑：「丫頭別亂說話，等咱們回去了，妳自個兒跟大總管說去！」

李無雙見得徐真露白牙輕笑，眼淚卻唰一下就湧了出來，撲入徐真懷中，不敢放聲大哭，只是強忍著抽泣，在徐真懷裡嗚咽道：「徐家哥哥……雙兒……雙兒不想死……」

直至此時，李無雙終於拋開了所有堅強的偽裝，將女兒家的柔弱一併暴露出來，徐真微微一愣，待感受到李無雙的悲傷和恐懼，忍了忍，終究還是用手輕撫其背，感受著消瘦的背部線條，徐真的下巴頂著李無雙的頭，輕輕說道：「不會的，不會有人死的……」

李無雙猛然抬頭，與徐真四目相對，搖曳的火光之中，徐真的臉部輪廓半遮半掩，線條分明剛毅，散發著極為俊美的男兒魅力，李無雙頓時目眩神迷，終於體會到李明達對徐真的依戀是何等感覺。

這個男人或許出身卑微，或許讓人討厭，但在關鍵的時刻，他總能給人一種莫名的安全感，彷彿只要有他在，就算天塌下來，他都能頂回去！

徐真感受到了李無雙眼中那種癡迷，似乎讓她暫時忘記了痛苦和恐懼，於是，徐真的手偷偷地將那飛刀抓了過來，趁著李無雙深情凝視自己的時候，將刀刃平平壓在了她大腿的傷口之上！

「茲茲茲……」

一股白煙冒上來，李無雙身子猛然僵硬，臉頰和脖頸頓時通紅起來，她的指甲深深嵌入到徐真的手臂之中，但終究忍不住痛楚，一口咬在了徐真的肩頭之上！

「嗯！」

徐真悶哼一聲，疼得齜牙咧嘴，卻只能任由李無雙咬著，腥甜的鮮血入了口，李無雙再也支撐不住，昏迷在了徐真的懷中。

「這丫頭屬狗的嗎？……牙口可真凶……」徐真將李無雙平放下來，見得她的傷口終於止血，這才鬆了一口氣。

他手臂上雖然中了刀，可瑜伽術和七聖刀秘法一直緊縮著肌肉，封閉了傷口，流血並不多，趁著李無雙昏迷，乾脆將她的褲子都脫了下來烘烤，趁勢用雨水清洗了傷口周邊，撕了布條包紮妥當，這才鬆了一口氣。

李無雙雖然只有十六歲，但身材修長，兩條大腿緊致白皙，上身又只有內衫，隱約可見私密之處，頗具誘惑力，處處散發著青春的香氣，然而徐真此時哪有精力欣賞這些，他連忙將自己的傷口處理好。

直到衣服都烤乾了，又給李無雙穿了起來，乾脆將自己的衣服都覆在了李無雙的身上。

這一夜奔逃，徐真也是精疲力盡，加上自身也有傷，眼皮慢慢闔起，開始打起盹來，最終還是支撐不住，睡了下來。

火堆慢慢熄滅，外面大雨越是冰冷，李無雙神志不清，抖抖索索，下意識摸了一把，卻觸碰到徐真滾熱的身子，也就迷迷糊糊靠了過來。

這徐真因為將衣服給了李無雙，受涼發熱，渾身冒汗，感受到李無雙那冰涼的身子，就摟入懷中，二人如交纏的兩條白蛇一般相擁著，可謂患難與同，生死相依是也。

也不知睡了多久，李無雙幽幽醒了過來，卻發現自己與徐真緊密無縫地相擁著，臉頰頓時發紅滾燙，但看著徐真熟睡的樣子，卻是看癡了，捨不得分開。

見得徐真眼皮微動，以為徐真要醒過來，李無雙連忙假寐，卻是越發縮入徐真的懷中，徐真感受到異動，慢慢醒了過來，出了熱汗之後，整個人神清氣爽，見得美人在懷，也是笑意融融。

「這小丫頭凶是凶了點，為人又高傲，性子也不好，但長得確實俊俏……」

聽著徐真的喃喃自語，前半段就讓李無雙氣憤起來，但聽到最後說長得俊俏，卻又不禁心中欣喜，胸中撲通撲通亂跳不停。

然而這個時候，又聽得徐真說道：「也不知在家裡吃的甚麼，胸脯居然長得這麼大……這屁股也不小……再大一點估計又是禍國殃民的狐狸精了……嗯……」

心思往那處一去，李無雙頓時羞臊難當，而且更加羞人的是，徐真居然在她屁股上摸了一把！

李無雙雖不願承認，但確實對徐真產生了歆慕，然而並不代表徐真就可以胡作非為！「你！你趁人之危！無恥！」

李無雙猛然起身，將徐真一把推了出去，疼得徐真齜牙咧嘴，但卻睜開一隻眼睛來，朝李無雙嘿嘿笑道：「死丫頭，不裝睡了嗎？」

李無雙想起自己依賴在徐真胸懷之中，頓時羞得無地自容，正欲反駁，卻聽得一股沉悶的馬蹄聲傳來！

徐真往洞穴外面一望，天早已大亮，心頭暗道不妙，難道吐蕃軍真的攻了過來嗎？

第一百二十一章

# 沁林逞兇徐真死戰

上回說到徐真拚死救了李無雙，二人奪了馬匹遁入山林之中，尋了一處洞穴避雨療傷，不知不覺昏睡了大半夜，待得醒來已然天光大亮，卻聽聞隆隆馬蹄聲敲擊著大地。

徐真疑是吐蕃軍再度來襲，慌忙出了山洞，也顧不得手臂傷勢，踏踏踏踩了一顆大樹，如靈猴一般攀住枝椏，腰身如蝦子一彈一蕩，躍上高枝，蹲伏下來，手搭涼棚一望，果見得一彪人馬打西北而來！

這隊吐蕃騎兵輕裝疾行，顯是先鋒，偃旗息鼓而來，遙遠就感受到了一股肅殺之氣瀰散八方！

徐真不敢大意，慌忙躍下枝頭，也顧不得二人衣衫不整，俯身將李無雙摟抱起來，放上了那匹栗色大馬。

這接應死士之人準備並不充足，馬鞍之類又被徐真用以引火，乾糧清水已經入了徐真和李無雙之肚腹，就只餘下一柄黑鐵彎刀，一根丈來長的軟皮馬鞭則已。

既無馬鞍，這馬兒性子又不服，李無雙大腿又有傷，乘騎多有不便，徐真上了馬背，用那馬鞭將自身與李無雙的腰肢纏繞捆綁在一處，這才刺痛馬股，衝出這山林，往松州方向而走！

且說器宗弄贊本只想著逼親，然而慕容寒竹卻圖謀甚大，於松州城中布下了暗棋，幾近將徐真和李無雙逼入絕境，得了情報之後就諫言弄贊，直欲再襲松州。

然則祿東贊等吐蕃臣子卻是極力反對，若再襲松州，則與大唐再無斡旋之餘地，雖趁著大唐征遼，可侵吞蠶食西北之地，可若正面入侵，惹得大唐皇帝怒火燒起，整個吐蕃也就再無寧日了！

器宗弄贊向來崇拜大唐，聽了祿東贊等人之言，終究是打消了趁亂再襲松州的心思，氣得慕容寒竹拂袖而走，卻又不甘如此，等到散了會，又獨自求見弄贊，聲明徐真身份之要緊，請求弄贊派兵來搜捕。

弄贊也有心計策略，生怕他日與大唐求和沒個籌碼在手，遂撥了三百輕騎，由年僅十五歲的噶爾沁林率領[6]，慕容寒竹坐鎮調度，往松州方向而來，勢必要將徐真給捉拿回去當質！

註

6 噶爾沁林即為葛爾．欽陵，又叫噶爾欽陵贊卓，葛爾氏族，祿東贊長子，或被譽為吐蕃第一戰神，西元六七〇年往後的交戰之中，曾經擊敗過薛仁貴等諸多唐將。

這噶爾沁林武力驚人，年少有為，又沉穩早熟，與其父噶爾東贊（祿東贊）性格截然不同，乃弄贊極為信任的親衛，今番得了贊普命令，領了輕騎一路馳騁，到得松州附近，果真見了搜尋徐真下落的唐軍，遂沿途劫殺而來，馬背上掛著一串串人耳朵。

這彪人馬都是個中翹楚，很快就分散開來，將這片小山林搜尋了一遍，一支小隊很快發現了昨夜留下的跡象，並找到那處洞穴，派了人回去通報，其餘人則循著馬蹄印子追索而來！

噶爾沁林此時正在另一側，找到了昨夜那幾名死士，連忙將慕容寒竹找過來，幾個人跟主子交代了詳細情形，正打算趁著天色光亮，入山林去搜尋，卻遇到回來報信的斥候，得了情報，準備追擊之際，卻遭遇了一支唐軍隊伍，雙方也不囉嗦，直接對衝而來！

手中長槍翻飛如龍，噶爾沁林一馬當先，將一名唐軍洞胸而過，借助馬勢挑飛了回去，稍稍停頓，再度衝殺過來，撥開一柄刺來的長槊，又挑破了一名唐軍的咽喉！

一名銀光甲校尉見噶爾沁林悍勇難當，心頭大怒，咆哮一聲，拍馬而來，手中陌刀虎虎生風，依仗大力，就要將沁林斬落馬下，然而沁林貼了馬腹躲過陌刀，再一槍如龍出海，再次將那名校尉挑落馬下！

如此兇悍姿態，頓時在唐軍之中殺出一條血路來，沿途衝撞，無人能擋！

執失思力親自統兵八百，見得對方只有三百輕騎，正欲徹底剿殺了這夥賊胡，未曾想到對方這名小將居然如此兇悍，當即揮槊來迎，與沁林交戰數合，並未占得任何先機！

執失思力乃沙場老將，然並不如契苾何力那般驍勇，又戰了三合，差點被沁林挑落馬背，心頭大驚失色，親兵連忙上來保護，卻又被沁林連連挑翻，真真如天將下凡一般！

沁林得父親祿東贊的悉心教導，對唐軍多有瞭解，見執失思力甲冑鮮怒，知是大官，只是一味糾纏，那些個親兵紛紛落馬，居然無人能擋得住這吐蕃小將！

執失思力見得如此境況，心頭大怒，又打馬衝將過來，卻被沁林一槍橫掃，將其手中長槊擊飛了出去，再一槍刺來，眼看就要將這位唐將挑落馬下！

「此番死矣！」執失思力也是心頭大駭，全然不想八百唐軍居然拿不下這三百人的吐蕃輕騎，自己更是陷入生死一線之間！

值此關鍵，一襲白影橫空出世，硬生生將沁林的長槍給擋了下來，赫然是軍中小校薛仁貴是也！

沁林只覺手掌一陣陣麻痛，槍桿兀自嗡嗡不停，再看來人，卻是一名約莫三十的唐軍，冷哼一聲，再度迎了過來。

薛仁貴救下執失思力，見得對方槍影犀利，卻不緩不急，他的銀槍並非梭形鐵頭，而是勾形的戟刀，可稱槍，亦可稱之為戟，乃武藝恩師所傳授，對戰之時大開大合，卻又不乏刁鑽，讓人防不勝防，自然不遜於這吐蕃小將。

二人衝撞在一處，槍戟相交數合，卻是不分勝負，錯馬側身而過，再度扭轉方向，這次卻是薛仁貴抓住了先機，搶先一步攻來，沁林無奈，只得躲避，卻被薛仁貴一槍橫掃，打落馬下！

執失思力見得薛仁貴得手，連忙呼喊周遭親兵，將沁林團團圍了起來！

沁林雖然年少，槍術卻已然登堂入室，一張手中鐵槍，居然殺出了重圍，又奪了馬匹，這次學了乖，不再與薛仁貴糾纏，卻開始大肆衝殺唐軍！

薛仁貴本想將其纏留下來，執失思力卻發了話，命薛仁貴只需盡力斬殺對方士兵即可。

薛仁貴頓時會意，己方人數遠遠超過對方，只要將對方的軍士盡可能殺死，就算沁林如何勇猛，也只能落得孤軍奮戰罷了，即是如此，薛仁貴也就放開了手腳來，一身白袍很快就被鮮血染紅浸透！

雙方殺得慘烈無比，唐軍畢竟佔據著人數的絕對優勢，沁林惡狠狠的盯著薛仁貴，似乎已經將這個唐軍的面目，都烙印到了自己的靈魂之中，惡戰了小半個時辰，眼看著身邊弟兄不斷倒下，終究是咬了咬牙，奮力呼喊著撤軍。

沁林這邊戰得慘烈無比，三百人就只走脫了不足百人，而慕容寒竹卻將重心放在了捉捕徐真之上，一行十數人循著馬蹄而來，馬匹新力充足，很快就將雙人共騎的徐真給攔了下來。

徐真手中只有一柄黑鐵彎刀，又見敵人勢大，更怕傷及李無雙，一時也是愁眉不展，直到見了慕容寒竹，這才鬆了一口氣。

與吐蕃人不同，慕容寒竹精於算計，知曉徐真的重要性，斷然不敢妄傷了徐真，故而連忙下令，不准放箭，只要生擒了徐真！

其手下那名通報的死士率先發難，其他人緊隨而至，揮舞了兵刃就要架住徐真，然而徐真卻不肯就俘，憑藉手中彎刀，兀自負隅頑抗，李無雙又縮在胸前，多有阻滯，不多時就被一名死士橫槊擊於後背，翻落馬背！

李無雙的傷口被牽扯撕裂，鮮血再次洶湧，然而大敵當前，她也是咬緊了牙關，徐真連忙將軟鞭解開，見得李無雙並無性命之憂，這才安心下來。

「上來！」

徐真微微蹲低身子，李無雙不敢再頑皮，咬了咬牙，趴在了徐真的背上，後者再將軟鞭將李無雙綁在了自己的背上，平舉著彎刀，勢要與敵人不死不休！

諸多吐蕃軍士見得徐真悍勇不畏生死，心頭盡皆戰兢，他們已經聽說了徐真的事蹟，知曉眼前之人乃是聖火教的神使，不敢褻瀆，只由著慕容寒竹的死士衝殺在前。

彼時佛宗未傳入吐蕃之際，吐蕃人多有信仰祆教者，更有傳聞「贊普」之名，乃仙靈之子的意思，而這仙靈，正是祆教之中的光明神阿胡拉，故而吐蕃之中多有崇尚祆教者，還真不敢對徐真太過不敬。

徐真雙手握刀，見得一名死士攻來，大力磕開對方的長矛，運動內息，猛然加速，疾行而來，前踏一步，將那死士的胸膛抹開，鮮血當空噴灑！

他使用殷開山的長刀也不是一天兩天，積攢了大量的實戰經驗，刀術不可謂不高深，又得周滄等人的言傳身教，於戰場之中出生入死多次，每一刀的精華，皆從身體上一處疊一處的傷疤上積攢下來的，又豈會自卑於人前！

「徐真，何必要頑抗，當真以為我不敢殺你嗎？」慕容寒竹見得自家苦心栽培的死士葬送在了徐真手中，也是惱怒地威嚇。

然而徐真只是微微挑眉，冷笑道：「若有本事，來拿吾之命則已！」

話音未落，彎刀再次揮灑一片寒光，將想要偷襲的敵人逼開，卻又再次陷入群攻的苦戰之中！

李無雙生怕成為徐真的累贅，死死抱住徐真的身子，將耳朵都貼在徐真的後背，傾聽著徐真越發劇烈的心跳聲，感受著徐真的力氣飛快流失著，她心頭更是懊悔，若自己乖乖嫁到吐蕃去，又怎會死這麼多人？徐真此時又怎會為了救自己而罔顧生死？

徐真的後背慢慢濕了，卻不知是因為徐真的汗水，還是李無雙的淚水……

第一百二十二章

# 雙雙脫險甘松大勝

或有人問智者曰，比天高海闊者，何也？智者捫心而答曰，人心是也。然果真如此否？這世間因緣際會，佛子聖人皆不可窺視，又豈是人心所能度量？

單說這李無雙與徐真，平素兩不相看，又兩不相悅，然而此時此刻，徐真卻背著李無雙，拼死而求存，可謂生死相依患難與共。

徐真為李明達受過傷，為凱薩受過傷，為諸多弟兄受過傷，為了戰爭受過傷，但他絕不認為自己會為了李無雙而受傷。

然而現在，他滿身浴血，卻不願就擒，而李無雙躲於背後，卻是毫髮無傷！

「呼……」

徐真長長吐了一口濁氣，緩緩解下軟鞭，將李無雙放了下來，頭也不回，低聲說道：「妳走吧……」

似乎為了節省每一絲力氣，他的聲音並不大，然而落入李無雙耳中，卻似那驚蟄的春雷一般！

「我不走！奴家要……要……要與徐家哥哥同生共死！」

話未說完，又有一名吐蕃軍士衝將過來，徐真強提一口氣，纏鬥了三合，將那人斬於腳下，只是他的左胸又多了一道傷口！

「叮！」

黑鐵彎刀的刀尖刺入地面，徐真拄著刀，支撐著身子，兀自喘著粗氣，經歷了一番車輪圍攻戰，他的體力早已虛脫不支，不如趁著還有一口氣，掩護李無雙離開，能跑多遠是多遠。

可這小丫頭卻婆婆媽媽，並不體會徐真之良苦用心，女兒家那股柔弱，在此時展現得淋漓盡致，盡是如何都不肯棄徐真而去。

徐真心頭憤憤，背對著李無雙罵道：「快點滾開！莫在此處擾了你小爺的興致！若不是妳珍惜身子，又何來這場爭鬥，若不是妳柔弱無力，又何至於身受重傷，拖累了本將軍，如今不走，是否要將徐某害死才善罷甘休！」

徐真句句誅心，李無雙淚水滾落，然而她卻心思玲瓏，知曉徐真只不過想要用自家性命，為她爭取一線逃生之機罷了，故此越是不肯離開。

慕容寒竹的目光落在徐真的身上，充滿了複雜難明的情緒，他從徐真身上，看到了自己夢寐以求想要成為的英豪人物，然而他也對徐真這等舉止，充滿了嘲笑。

一行十六人，如今被徐真殺了七人，慕容寒竹武藝不濟，只是從中調度，卻仍舊能夠感受到徐真那視死如歸的兇狠殺氣！

他也曾想放棄徐真，將徐真殺死了作罷，但他無法確定李無雙的具體身份，不知李無雙的分量是否比徐真更重要，故此，將徐真和李無雙生擒活拿，仍舊是最佳的策略。

剩餘的九人皆為吐蕃人氏，見得徐真勇猛，越發相信關於徐真的傳聞，想起徐真那「燒柴人」的諢名，心裡頭暗自發怵，不敢單打獨鬥，只是將徐真又圍了起來。

眼看著李無雙也走不了，徐真也不再說什麼，將李無雙拉到身邊來，將黑鐵彎刀交到了李無雙的手上，而後面無表情地說道：「我累了，你撐一會兒。」

李無雙頓時抹乾眼淚，堅定點頭道：「嗯！」

說話之間，慕容寒竹又死命催促，三名吐蕃軍士抵不過軍命，又撲將過來，李無雙咬牙將彎刀揮舞起來，而徐真雙眸卻陡然冰寒，抓起那條軟皮馬鞭，「啪！」一聲脆響，鞭子如毒蛇一般纏繞住左邊吐蕃軍的脖頸，將那人拉倒於地！

徐真趁勢而上，一腳踩在那人的頭上，腳底下啰嚓嚓脆響，他才撿起那人手中的橫刀，與李無雙背靠背防禦起來。

慕容寒竹終是憤怒起來，他沒想到徐真居然如此頑強，也未想到徐真的刀術如此了得，更想不到徐真身受如此重傷卻仍舊屹立不倒！

他有種不祥的預感，只覺得噶爾沁林支撐不了多久，若無法將徐真擒拿回去，那麼也就只剩下退兵請罪這一條了。

到了這個時候，一條兇狠毒計卻是湧入到他的腦中，再也無法抹去，若把徐真殺死，說不定能夠引起大唐的憤怒，如此一來，就算器宗弄贊同意祿東贊等人的退兵請罪建議，大唐也不一定會接受，這場戰爭就會倒過來，變成大唐要征討吐蕃！

念及此處，他高聲大喊道：「殺了他們！」

剩餘的吐蕃軍心頭一震，眼中卻爆出無盡的殺機來，他們雖然忌憚徐真的祆教身份，然而諸多弟兄都慘死在徐真手中，同樣激起了他們的仇恨怒火，今番得了慕容寒竹的命令，終於聯合起來，七八個人一擁而上，就要將徐真和李無雙砍成齏粉！

然而生死一刻之際，遠方卻突然射來一道勁弩箭矢，噗嗤一聲奪走了一名吐蕃軍士的性命！

這一箭如同引爆炸藥桶的導火索，鐵箭矢接二連三的激射過來，吐蕃軍士紛紛倒地！

慕容寒竹猛然抬頭，見得以周滄為首的紅甲十四衛正疾馳而來！

「撤！快撤！」

慕容寒竹清楚周滄等人的實力，更知曉他們手中有元戎連弩，此時想要射殺徐真和李無雙都辦不到，只要晚走一刻，那麼他們就再也離不開此處，當即跨上戰馬，轟隆隆掀起塵頭，往甘松嶺方向逃走。

直到此時，李無雙仍舊握住手中黑鐵彎刀，身子顫抖不已，口中喃喃自語著些什麼，如那受驚的母狼一般兇狠！

待得徐真將手輕輕覆蓋在她的手上，把彎刀奪了過去，她才忍受不住，哇一聲吐了出來，而後撲入徐真懷中，放肆地大哭了起來。

徐真搖晃了幾下，噗通倒地。

周滄等人趕將過來，慌忙將徐真和李無雙救了回去，安置在都督府之中。

李道宗見得女兒被救了回來，又詢問了當時情況，對徐真是感激涕零，連忙召喚軍醫來處置傷口，其時劉神威已經隨軍到營州，無法替徐真療傷，李道宗只能將軍中大夫全數召集過來，替徐真治療傷勢。

李無雙的大腿傷處經過徐真的處理，已然凝結起來，然適才一番惡鬥，又將傷口拉開，畢竟是女兒家，為了避嫌，李道宗只有將張素靈找了過來，替自家女兒包紮傷口。

如此忙碌到晚上，這才處理妥當，徐真和李無雙算是撿回了小命，李道宗勃然大怒，命牛進達和劉蘭等將領，連夜奔赴甘松嶺，周滄等人報仇心切，領了徐真那三百親兵，將驚蟄雷全數帶上，又有姜行本親自監督，浩浩蕩蕩往甘松嶺而去。

張素靈到底心掛著自家主公，見李無雙醒過來，自有女婢伺候，就告罪退下，到徐真這廂來親自伺候。

李無雙見張素靈走了，這才從身上摸出一柄黑乎乎的小刀來，用絲布擦拭乾淨，露出藍白藍白的刀刃，赫然是徐真替她治療傷口的那柄飛刀。

她怔怔地望著床帳，思緒似乎又飄回了落雨的山洞之夜，臉色頓時紅潤起來，將那柄小刀貼身抱在懷中，沉沉睡了過去。

她做了一個夢，夢中有徐真，卻沒有她，有的是李明達，那小丫頭正在小心翼翼地保存著幾顆彩色的石子，臉上充滿了得意，因為那些都是徐真送的。

直到此時，李無雙才有了足夠的體會，有些賤價的東西，賦予了意義之後，會變得珍貴無比，她終於能夠體會李明達的心情了。

徐真並不清楚甘松嶺之戰到底是何場景，等他醒來，見到的是張素靈那調皮的笑容。

「她……沒事吧？」

張素靈點了點頭，徐真才鬆了一口氣，在張素靈的服侍下，喝了半碗白粥，又沉沉睡了下去。

到了第二天，大軍仍舊沒有回來，徐真的精神卻恢復了過來，早上喝了粥，胃口越發大起來，到了中午就開始酒肉伺候，整個人又有了力氣。

他的肉身經過七聖刀秘術的改造，又每夜修練瑜伽術，此時終於體現出該有的效果來，七聖刀和瑜伽術控制肌肉的收縮，傷口緊密貼合，根本不需要縫合，這也是他得以倖存的原因之一，否則以他的傷勢程度，早已流血過多而亡，根本就撐不到周滄等人的救援。

吃飽喝足之後，他又睡了下去，這一覺就睡到了晚間，李道宗等人終於是從甘松嶺大勝而歸！

周滄幾個心繫徐真安危，一下子湧入房中，張素靈也打發不走，徐真頓時被驚醒，聽聞甘松嶺大獲全勝，皆賴驚蟄雷之功，心頭頓時大喜。

過得片刻，未及卸甲的李道宗，帶領牛進達等一干將領，還有姜行本等骨幹，前來探望徐真，說吐蕃已經退兵，不日將遣使往長安，親自向聖人呈遞降表，請罪求赦！

徐真想起慕容寒竹臨逃走時那狠毒的目光，心裡頭也高興不起來，不過松州的事情總算是安定了下來，唐軍方面死傷不多，除了起初牛進達貪功冒進折損了二千多人馬之外，此後的戰鬥都可謂全勝。

此役斬殺敵人三千之眾，又收穫牛馬羊十餘萬頭，諸多輜重更是數不勝數，揚威關外，震懾寰宇，再顯大唐天國上朝的浩蕩聲威！

李道宗見女兒和徐真傷勢無礙，戰役又大獲全勝，傳令下去犒賞三軍，不日班師，群情激蕩，歡呼聲響徹整座松州！

然而李無雙卻蛾眉緊蹙，摩挲著懷中那柄小飛刀，心中有著劇烈的掙扎。或許，這一次，她終於堅定自己心中的想法，不願再看到有人為她而死去了。

第一百二十三章

# 寒竹擔使仁貴歸心

且說松州一戰既已落幕，吐蕃退至吐谷渾西北，不再興兵來犯，或因吐蕃此次侵略松州，並非來爭奪大唐領土，只為強迫大唐賜婚，但未想到大唐皇帝陛下不賜婚，反而發了重兵前來應戰，若吐蕃不撤軍，繼續廝殺的話，器宗弄贊的求親目的也就更加無法實現。

再者，器宗弄贊畢竟乃吐蕃新王，其時吐蕃國內並不穩定，多年征戰，連兵不息，臣服之各部亦需時日善加安撫，祿東贊等大臣不得不勸退，皆因後方不定，若以主力與唐軍決戰，實乃劍走偏鋒、兵行險招則已。

而唐軍以風雷之勢催之，又有徐真這等奇才，似能召喚天地雷火之力，如有神助，大唐神將不可計數，只派了個牛進達就已經如此了得，若再有大將領兵前來，吐蕃又該如何抗衡？

吐蕃這邊畏首畏尾，唐軍這廂也是自有考量，吐蕃快速退兵至吐谷渾西北邊境，又遣使祿東贊來謝罪，不必再深入追擊，我大唐天國上邦，不求趕盡殺絕，只需四夷八荒盡皆臣服則也。

吐蕃乃新生勢力，在此之前又與大唐並無交往，彼時征遼在即，北方薛延陀、西北的西突厥殘部又多有騷擾，大唐亦不想與吐蕃發生大戰，免得徒增消耗。

雙方各有顧慮，這場戰爭也就草草收了幕，若認真計算戰果，大唐自然是斬獲更多，吐蕃臣服之下，西面平定，唐國聲威更隆，震懾四海。

吐蕃大論祿東贊獻黃金五千兩，珠玉寶石，財帛奴婢不可計數，與李道宗等隨軍回長安請罪。

徐真新傷得癒，心頭卻歡喜不起，皆因吐蕃使者之中，除了祿東贊之外，還有徐真的老熟人，慕容寒竹！

吐蕃使者之中出現慕容寒竹這等中原人士，李道宗等人皆以為奇，一番問候始知乃博陵崔氏之後，心頭頓時起敬。

隋唐年間多望族，故有七宗五姓十大千古望族之說，而貞觀年初，氏族排名，乃崔氏為首。

這崔氏自漢迄唐蜚聲延譽，甚盛益興，與隴西李氏，趙郡李氏，滎陽鄭氏，范陽盧氏，太原王氏並為千年舊族，聞人達士先後相望也。

後世亦有記載，自漢至宋，一千多年間，博陵及清河崔氏高官顯宦不絕，南北朝時，崔氏為相者竟有十人，獲得爵位者二十六人；累至盛唐，為相者竟達二十七人，朝野五品以上官員四百餘人，堪為一時之盛，其他家族無出其右。

也正因此，崔姓被稱為「宰相之姓」。當時民間流傳有「崔家醜女不愁嫁，皇家公主嫁卻愁」之說法。

這崔氏又分清河、博陵崔氏兩支，慕容寒竹，也就是崔寒竹，正出自博陵崔氏！祿東贊雖同樣精通大唐風土，然又豈能與慕容寒竹相比，其在大唐安插諸多耳目眼線，情報暢通，掌控時勢巨細，談吐之間風範盡顯，折服人心。

諸人問起來歷，慕容寒竹又將自己如何死忠追隨光化，配合唐軍顛覆吐谷渾之事說道出來，李道宗其實與侯君集突襲吐谷渾伏俟城，皆賴慕容寒竹之功，只是忌於光化前朝公主之身份，慕容寒竹另有所謀，這才未能將其帶回大唐來。

如今慕容寒竹又以吐蕃使者的身份出現，李道宗也就還了這份情誼，坐實了慕容寒竹之功，後者於諸人之間名聲更是躁動一時。

徐真雖然私下警惕慕容寒竹，卻礙其使者之身份，又新得牛進達等人好感，此時慕容寒竹與祿東贊到長安謝罪，正是彰顯軍功天威之良時，若與慕容寒竹正面交鋒，難免再犯眾怒，故而徐真只能容忍了下來。

三月廿三，是夜大雨，李道宗聚將議事，討論表功之事，諸將齊聚一堂，皆推徐真當居首功，徐真辭而不受，遂分功，各有所得，皆大歡喜。

議事已畢，李道宗大宴群雄，又將慕容寒竹請了過來，徐真興趣寥寥，飲了幾杯，推說傷勢發作，草草離了席，執失思力乃突厥舊將，不甚合群，偏坐一隅，遂藉口護送徐真，二人並肩而行。

徐真之前就與薩勒人化敵為友，高賀術和凱薩、摩崖等多為柔然人，又與契苾何力有過厚交，對異族勇士並無偏見，反而多有敬重，故與執失思力也是相談甚歡，到了臨時府邸，忙將執失思力請進去喝酒。

這執失思力不比契苾何力那般豪邁，似有陰柔心思，卻也是個熱血的兒郎，徐真趁機問起薛仁貴，執失思力竟一時無法相答，顯然並無太深的印象。

徐真也是疑惑，按說薛仁貴有勇有謀，武力驚人，該是軍中的人物，然而從執失思力的反應來看，這薛仁貴竟是被埋沒了，想來是多受了軍中同僚的傾軋。

擇日不如撞日，既談起薛仁貴，徐真遂趁著機會，問執失思力討要過來，這執失思力知曉徐真與契苾何力交厚，也想與徐真多有交往，由是爽快答應了下來，徐真大喜，飲酒至三更，這才使人送了執失思力回去。

且說薛仁貴心中多有積鬱，這一戰本該是他的成名之戰，卻因借助薛氏名聲入的軍伍，遭遇同僚的打壓，軍功表奏上去，居然未得多少，這日綿綿細雨，也只是一個人喝著悶酒。

他雖為校尉，卻有家室，為人正氣，不近女色，故而並未接納婢女伺候，自斟自飲了小半日，酒壺空了三兩只，正欲外出尋酒，卻聽得門外傳來爽朗詢問。

「薛家哥哥可在？俺周滄來也！哈哈哈！」

薛仁貴慌忙開門，卻見周滄左右各抱著一個大罈，封泥抵不過酒香，逸散出來皆是陳釀烈酒的甘醇香氣，心頭頓時大喜，正欲將周滄迎進來，才見得周滄身後，赫然是聲名正當一時的忠武將軍徐真！

「薛禮見過將軍！」

薛仁貴連忙行禮，周滄卻塞過來一罈子酒，將薛仁貴推回了門內，大咧咧佯怒道：「薛家哥哥莫要如此虛作，咱家主公又不是那些裝腔作勢的狗官，要這虛禮作甚！」

徐真搖頭苦笑，卻也不以為意，朝薛仁貴說道：「又不是官場做事，只是閒散訪友，薛大哥莫要見怪，叫聲徐真也就夠了，哈哈。」

薛仁貴起初見得周滄如此作大，心頭凜然，可見得徐真親和之後，才醒悟過來，這忠武將軍果真如傳說一般，對自家麾下兄弟親如手足，平易得很，真真是難得一遇的恩主！有感於此，薛仁貴連忙讓人備了酒席，請徐真入了首席，徐真也不提如何將薛仁貴調到自家麾下，只是與其暢飲美酒，又有周滄與之談論武藝，盡興而歸。

送走了徐真之後，薛仁貴長長嘆了一口氣，自家雖有勇武，卻終究不諳官場深淺，使得堂堂忠武將軍主動來見自己，已然是愚鈍之際，若得主如此，又何憂不得建功？

想了一夜，薛仁貴似乎終於開竅了一般，翌日便帶著禮物和美酒，到徐真府上回訪，周滄又將張久年等諸多弟兄一一引薦，徐真也沒甚麼架子，主僕融融恰恰，真如手足弟兄，直羨煞了薛仁貴。

諸人正酣，激起周滄一身熱血，又在堂下圈了擂臺，諸多弟兄輪番上陣來角力玩耍，徐真新傷初癒，手癢難耐，上場爭鬥，周滄卻向來不手軟，將自家主公摔倒在地，好生暴打了一頓，氣得徐真暴跳如雷，直罵周滄不知護主，拔了長刀就要宰了這漢子，一主一僕追打嬉鬧，張素靈狡黠，又心疼徐真，暗中出腳將周滄絆倒，合著徐真報以老拳，諸人哄堂大笑。

薛仁貴感受此等氣氛，心中多有惋惜，若自己入伍就得遇徐真這等明主，仕途有何至於如此坎坷？

周滄只是個粗心眼，張久年卻是洞若觀火，借著敬酒，問及薛仁貴心事：「薛禮兄何以鬱鬱？漫不成我等招呼不周？」

薛仁貴連忙還禮解釋：「非也！將軍相待甚厚，只是薛禮命堅賤福薄，無緣在將軍麾下，是故嘆息耳……」

張久年早知徐真心意，趁勢問道：「薛兄果有此意？」

薛仁貴苦笑一聲道：「良禽擇木而棲，賢臣擇主而事，薛某雖不才，但得徐真將軍麾下，敢不赴死？」

張久年頻頻點頭，笑而不語。

是日，薛仁貴即收到軍中長史齎來文書，正是調入徐真麾下擔任實權領兵校尉，送走了長史之後，薛仁貴感慨萬千，似得歸屬，緊緊握住那一紙文書，就如同握住了自己的未來！

既得了薛仁貴，徐真心頭大喜，也暫時忘記了慕容寒竹隨軍而行的苦惱，反倒是李無雙頻頻來見，每次卻又欲言又止，見徐真不為所動，又憤憤而去。

徐真又不是未經情事的雛兒，自然知曉這丫頭的心意，然而今番回朝，聖人對吐蕃勢必加以國封，既成了屬國，自然要賜婚以安之，以免征遼之後患。

李無雙早已成為賜婚吐蕃的不二人選，李道宗新立了戰功，若此時諫言，李無雙或許可免了賜婚，但李道宗也許因此而不為聖人所喜，如此一來，也是個頭疼的問題。

就這般期期艾艾著，終究還是回到了長安。

# 第一百二十四章

# 崔氏歸宗徐真回來

彼時自有詩云：「烽火照西京，心中自不平；牙璋辭鳳闕，鐵騎繞龍城，雪暗雕旗畫，風多雜鼓聲；寧為百夫長，勝作一書生。」

此詩雖為高宗李治時期文人楊炯所作，卻也道盡唐初尚武之風格，是故聽聞松州再傳捷報，長安城頓時一片沸騰！

這些年來連番征戰，可謂百戰百勝，平突厥，蕩高昌，滅吐谷渾，如今征遼在即，只派了些許兵馬，就打退吐蕃，兵鋒所指，萬眾歸心也。

眼看著就要抵達長安，大軍照慣例駐紮下來，整頓軍紀容貌，徐真本部自是排列在前，威風八面，李道宗已然在奏表上言明徐真之首功，諸將也無不佩服。

唐軍倒是洋洋得意，祿東贊卻是垂頭喪氣。

早在發動松州之戰的初時，他就曾經勸諫器宗弄贊，卻橫空出現了一個慕容寒竹，挾持了君心。

大唐兵臨城下之時，這慕容寒竹又是極力主戰，可如今投降謝罪，他慕容寒竹卻成為了李道宗等人座上之賓，每有飲宴皆相請，偏偏只將他祿東贊當成謝罪之人。

如此一來，又教祿東贊如何不憎恨慕容寒竹？

然而憎恨歸憎恨，如今祿東贊入了唐境，諸多風俗人物，還需慕容寒竹提點，所謂人在矮簷下，怎可不低頭？

此時慕容寒竹其實也並未想過要為難祿東贊，他離開唐境已經很多年，今日雖以吐蕃使者的身份回歸，卻同樣能夠感受到人們對崔氏一族的崇敬，這也使其與有榮焉，越發想要認祖歸宗。

稍作整頓之後，大軍煥然一新，途中疲勞一掃而空，人人容光煥發，鮮衣怒馬，步伐整齊，軍威浩浩蕩蕩。

由於並未與吐蕃大規模作戰，只是松州一役則已，於國家而言，不過是小勝一場，故而還勞動不了聖上親自迎接。

然征遼在即，亟需民心，是故聖人派了魏王李泰與晉王李治一同迎接凱旋軍隊，又有長孫無忌主持大局。

慕容寒竹也算是見識了唐朝的繁盛與強大，從迎接凱旋的規模即可看出唐人之尚武，又見李泰、李治一同來迎，結合奪嫡之事，知曉聖上如今也是未有定論，妄圖將這碗水儘量端平。

經歷一系列的歡迎與告祭，諸人終於是得到了安置，慕容寒竹與祿東贊等人皆由鴻臚寺接待，安頓下來之後，祿東贊自去鴻臚寺丞那處交接，而慕容寒竹卻棄了左右，出了賓館，自顧遊看都城。

慕容寒竹雖遠在異邦，卻時刻心繫故土都城，此番故地重遊，難免一番唏噓，輕嘆之餘，也不看沿途繁華，不多時就兜轉著進入了東市的一家酒樓。

那酒樓的執事正招呼顧客，見得慕容寒竹進來，連忙迎了上來，正欲勾搭，卻見慕容寒竹眸子微瞇，壓低聲音說道：「清露冷浸銀兔影。」

執事心頭一緊，掃視了慕容寒竹上下，這才激動萬分地答了一句：「西風歡落桂花枝！」

此處並非文人彙聚的崇仁或者平康坊，酒樓之中多為粗野武夫，就算將這對詩聽了去，也不知是隋煬帝楊廣的《望江南》，更不會懷疑慕容寒竹與執事已經接上了頭。

「貴賓光臨，蓬蓽生輝，且入雅間伺候！」執事高聲唱道，遂引了慕容寒竹入內堂，又穿過了雅座，帶入到酒樓後的小院之中，這才噗通跪下，顫聲道：「崔少爺你可算是回來了！」

慕容寒竹已經很多年沒聽過下人稱呼他為少爺，甫一入耳，勾起回憶無數，整個人似乎都年輕了起來，遂言：「你是何人，權且起來說話。」

那執事惶恐起了身，道明身份，原來正是慕容寒竹的本家奴僕，到這個情報駐點工作多年，最是熟悉日常事務。

慕容寒竹時間不多，也不敢多停留，是故連忙囑託一番，那執事自顧命女婢好生伺候，自己卻急匆匆出了門，一番通報之後，又回見慕容寒竹，說道：「崔爺，事情已經妥當，還請移步，隨小人出門去。」

慕容寒竹心頭大喜，跟著那執事走出去，也不走中央大街，只顧挑坊間小路來穿梭，不多時就來到一座大府，不敢走正門，只從側門偷了進去，這才入門，就發現一名常服老者早已守候在此。

那老者情緒激動，見得慕容寒竹，頓時快步走上來，抓住慕容寒竹的手腕，顫聲道：「我的好侄兒，你可算是回來了！大哥若是有知，必是天靈欣慰了！」

「叔父在上，請受寒竹一拜！」慕容寒竹心頭一暖，眼眶就濕潤了起來，作勢就要跪下去，那老者慌忙扶住，歡歡喜喜將慕容寒竹引入內宅，正要呼喊兒女來相見，卻被慕容寒竹擋了下來。

「叔父，實不相瞞，寒竹今次回來，有大事所圖，想見一個人，還望叔父引見引見……」慕容寒竹開門見山地說道，那老人只掃了一眼，隨行的執事就識趣地退了出去。

雖是家僕，但從四品上的尚書左丞崔善用與自家子侄說話，他是聽都不敢聽的。

見得下人退下，崔善用才端起茶鍋來，給慕容寒竹分了一杯茶，隨口問道：「你叔叔雖然官場打拼了半生，如今也進不得三品大員的行列，但說話還是有些份量的，不知賢侄欲見何人？」

慕容寒竹雙手接過茶杯，眉毛一挑，輕聲答道：「侄兒想見一見僕射老爺。」

「哪個僕射老爺？」

「當今司徒，尚書右僕射長孫無忌。」

崔善用的茶鍋停在了半空。

雖然他也是尚書省的人，但尚書左丞與尚書右僕射相差天地，若非憑藉崔氏的根基，連他都不能與長孫無忌說上話，這慕容寒竹一開口就要求見這等貴胄，實在讓人為難。

見崔善用不說話，慕容寒竹也是心知肚明，長孫無忌又豈是甚麼貨色都能輕易見得著的，不過以崔氏的聲望，只要崔善用答應，他相信自己絕對能夠見得到。

念及此處，慕容寒竹將手伸入袖中，掏出一件物事，輕輕推到了崔善用的面前來。

「這是？」崔善用掃了一眼，而後目光就再也移不開，慌忙將茶鍋放下，將那東西小心捧起，眼中滿是貪婪的目光，過得許久才回過神來，將那東西塞入了自己的懷中。

過得片刻，慕容寒竹隨崔善用離開了府邸，上了車，直奔長孫府而去。

慕容寒竹緊鑼密鼓地籌謀著什麼，而徐真卻顧不上去探聽，因為剛回到長安，他就被李明達的人，接到了淑儀院去了。

聽聞徐真又立新功，朝中文武似乎早已習慣，然而李明達所關切者，僅僅是徐真之安危罷了。

自從太液池之變後，聖上又安置了諸多女武官來護衛李明達，見得徐真之後，李明達也不顧女武官在旁，大叫一聲道：「大騙子，你終於回來了！」

一段時日不見，李明達就如那雨後春筍一般，又拔高了不少，如今已是亭亭玉立，加上在宮中養尊處優，身子慢慢成熟豐腴起來，姿色越發豔麗動人。

然而在徐真面前，她卻仍舊是一副小丫頭的姿態，不顧儀態，徑直撲入了徐真的懷中，這大騙子三個字剛剛叫出口，頓時後悔起來，仰頭含淚問道：「徐家哥哥，你可曾受了苦頭？」

徐真嘿嘿笑著，刮了刮她那高挺精緻的鼻子，說道：「妳家哥哥福大命大，又狡猾奸詐，哪會吃什麼苦頭！倒是丫頭妳長大了不少哦……」

李明達聽見徐真如此自嘲，心花怒放起來，可聽得徐真說自己長大了不少，這才醒悟過來，自己的胸脯就貼著徐真身子，肌膚相親難免不雅，臉色頓時滾燙起來，卻又不願丟開徐真。

徐真見得李明達如此，心裡也是暖洋洋的舒服，任由著拉進宮中，將一路辛酸故事都說道出來，互訴了心情，到了傍晚，李明達才戀戀不捨地送走了徐真，還約定翌日到徐真府上去作客，這才作罷。

徐真回了府邸，諸多僕從接應下來，獨獨不見凱薩來迎，心頭不由納悶，但還是先去拜見了摩崖老爺子，這才往自家住處走去。

且說凱薩望斷秋水，見得周滄等人都已回歸，唯獨不見徐真，心裡難免急切，問起才知被淑儀李明達請了過去，雖知曉徐真將李明達視為妹子，可心裡頭到底有些酸溜溜的。

此時已經掌了燈，房中接風酒菜都已涼透，洗塵的香湯也換了兩遭，仍舊不見徐真回來，凱薩既期盼又生出幽怨來。

心裡正暗罵著徐真，卻聽得房門響動，見得蓄了個一字鬍的徐真靜立於門前，凱薩故作佯怒，不以理會，然當徐真微笑著張開雙臂之時，凱薩卻再也忍受不住，快步走了過來，撲入徐真懷中，將徐真緊緊抱住。

本想與凱薩說笑一番的徐真，感受到凱薩的擔憂，玩笑話再也說不出來，只是緊緊抱著凱薩，感受著她的心跳。

過得許久，二人才不捨地分開，凱薩指著房中那桌酒菜說道：「姐兒給你準備了接風喜宴咧……」

徐真笑而不語。

凱薩又指著內房的浴桶說道：「還有洗塵的香湯……」

許久不見，凱薩越發豐腴動人，眉目之間盡是成熟妖嬈，徐真本想著裝腔作勢，見得凱薩如此風情，再也把持不住，將凱薩橫抱起來，一把丟在了床上，壞笑著道：「接風洗塵甚麼的先候著，咱先跟姐兒辦點正事兒，嘿嘿……嘿嘿嘿……」

窗外無風，紅燭火兒卻開始搖搖曳曳……

# 第一百二十五章 李治受惑寒竹上位

且說徐真與凱薩小別再重逢，如膠似漆勝似新婚夫妻，開窗春月光，滅燭解羅裳，含笑帷幌裡，舉體蘭蕙香，這一夜荒唐，翠被翻紅，桃浪疊卷，內外夾攻，上下顛倒曾得歇，左右翻滾，彼此交融，一個雨汗淋漓，顧首不能顧尾，另一個嬌聲婉轉，愈戰愈烈，數月相思，今夜方了，連摘了數枝，閨樂妙不可言。

這一夜未得停歇，二人意猶未盡，又相擁著低低說了親熱話，到了頭的春宵，道不盡的相思。

直到外頭天光大亮，凱薩才起身來，慵懶之餘，粉面如盛滿雨露的熟桃，難免渾身酥軟，手腳無力，嬌媚媚白了徐真一眼，心頭卻是滿足到了極點。

伺候徐真梳洗之後，二人用了些早飯，正尋思著要出去耍一圈，外頭卻傳報，說是淑儀小姐到了，徐真正要起身，李明達已經熟門熟路自個兒走了進來。

「徐家哥哥，今日雉哥兒（李治）有宴，點名道姓要奴拉了你去，你可不要讓妹子難做事喲！」

李明達天真爛漫，在徐真面前也不講什麼禮儀，大咧咧就坐下來，卻是塞進了徐真和凱薩中間，徐真一臉無奈，凱薩卻只是嘴角含笑，耐人尋味地偷瞄了徐真一眼。

李明達見二人眼眸子詭異，細細打量起來，卻發現徐真脖頸上滿是桃花印，她未經人事，不懂男女之樂，也不曉得那朵朵桃花印是凱薩香唇昨夜留下的，只道徐真染了邪風，慌著叫起來：「哥哥怎地如此操勞，這都陰虛發了斑，需使了媽子熬煮些湯水來補補了！」

凱薩聽得操勞二字，不由掩嘴，徐真無可奈何捂住額頭，也不知該如何跟著小丫頭解釋，支吾過去之後，也就隨著李明達到了李治府上。

李明達走慣了晉王府，下人也不需通報，見得徐真這個大紅人一同到來，心裡也是羨慕得緊，李明達明面上雖為徐真的妹子徐思兒，但宮廷大內哪個不知這徐思兒就是當今聖人的心頭肉李兕兒？

此時李明達也有些不滿，嘟著嘴抱怨道：「雉哥兒也真是的，說好了讓奴家帶著徐哥哥來，又不見來接……」

徐真卻道無妨，他本就不想跟李治有拉扯，礙於李明達的面才過來，這李治不來接待更好，坐一會就尋個由頭走了作罷。

偏偏李明達也是個古怪性子，硬是拉著徐真到了會客廳，倒是要看看李治在見些什麼要緊人物，竟然連徐家哥哥都不管不顧。

徐真本覺得不甚妥當，卻又拗不過李明達，只得隨著溜了進去，二人躲在屏風後面，透過縫隙，徐真卻看到了難以相信的一幕。

慕容寒竹居然與長孫無忌一同前來，與李治相談甚歡！

「他到底想要幹什麼！」徐真心頭湧起一股濃烈的不安，自從吐谷渾初遇慕容寒竹之後，他就覺得此人絕非簡單之輩，沒想到他居然還扯上了長孫無忌這根線！

但聽得慕容寒竹坦然說道：「聽聞魏王已經召集了各國使者，一同圍觀聖人賜婚吐蕃之大禮，欲借此彰顯天國聲威，如此一來，卻是又先大王一步了。事已至此，大王反其道而行之，必能取得奇效！」

這李治本就是個沒主見的人，早聽長孫無忌說過，魏王向來注重禮儀教化，今次吐蕃之戰他二人兵無寸功，但在表彰有功之時卻又各自拉攏舉薦，極力結納軍方之人，算得是半斤八兩，各有所獲。

可魏王的心思活絡，腦力更勝，一直以來又主持文教禮傳，鴻臚寺卿與之相交甚厚，乃魏王一派的人，今次雖戰勝了吐蕃，但吐蕃既已臣服，聖人自是賜婚以安撫，並賜王侯頭銜，將吐蕃一併納入大唐附屬之列。

既是如此，魏王與鴻臚寺卿商議之下，就決定舉行盛大的賜婚儀式，並邀請文武百官以及諸多番邦異族的使者來見禮，彰顯弘揚我大唐的威望，此舉果真得到了聖人的極力贊同，魏王由是越發得寵！

李治又敗了一場，心中抑鬱，偏這個時候，長孫無忌卻帶來了慕容寒竹，這位名叫崔寒竹的崔氏名士，卻是這一次吐蕃使者團的副使，乃器宗弄贊的近臣，既是有計策獻上，李治自然歡喜，連忙問道：「卻不知先生有何教我？」

慕容寒竹好整以暇，而後緩緩說道：「此時諸多屬國求婚使者齊聚長安，獨樂不如眾樂，或可舉辦婚試，諸多使者一併參賽，勝出者可得賜婚，如此方能彰顯我天國之威，也好教這些彈丸小國都知曉，公主並非一求可得，諸國必定傾盡全力，爭相討好，必能大振國威！」

「此策甚妙！」

李治撫掌稱善，哈哈大笑，而屏風之後的徐真卻心頭一緊，野史上多有記載，說是太宗皇帝嫁文成，曾經六試婚使，如今來看，卻是出自這慕容寒竹的手筆！

可徐真也有些疑惑，即使如此，慕容寒竹為何不為史料所載？莫非這後面還有些詭異變化不成？

慕容寒竹此計一經採納，必定入了李治的核心，又與長孫無忌相互勾結，一個長孫無忌就已經夠陰險，如今又加上一個慕容寒竹，非但魏王李泰毫無勝算，說不得連李治的地位都要受到威脅，若任由此二人扶植李治上位，今後這大唐朝廷，豈非任由此二人把持！

見得李治大喜，長孫無忌和慕容寒竹相視一笑，果是早有圖謀，長孫無忌又獻策曰：「此策雖好，然難免有與魏王明面相爭之嫌，或為聖上不喜，大王可將此策獻與聖人，多稱魏王才能，推與魏王執行，聖人必感大王仁義和睦，由是讚賞大王，此乃以退為進之策耳！」

長孫無忌此言一出，慕容寒竹和李治由衷佩服，果真是老薑彌辣，洞徹聖意了！

「長孫公此計大善，某恥為吐蕃副使，那祿東贊雖非庸碌之輩，卻無聖統教化，試題可擇其匱者而難之，若吐蕃奪魁不成，公主反要嫁與他國，豈不是反了聖上先前的允婚？如此一來，聖人必定責怪魏王，大王卻是又勝了一局矣！」

慕容寒竹如此透徹分析之下，李治更是豁然開朗，驅使下人齎來金玉絹帛，大賞慕容寒竹，幾有將其當成座上之賓的態勢！

李治趁勢問了今後大勢走向，慕容寒竹侃侃而談，據理以推，滴水不漏，端得有未卜先知之見，連長孫無忌這樣的老權臣都不得不暗自驚嘆一句：「崔氏一脈果真是人才濟濟！」

這慕容寒竹也是心思老辣，三言兩語硬是扯到了徐真的身上來：「大王，此等小計不過文鬥，聖人眼看就要御駕親征遼東，若得了軍方人心，方能使聖人稱心如意，尋常時可多加走動，拜訪軍中先輩，撫慰諸多軍將，能拉攏則拉攏，莫要落了魏王後頭。」

李治也是聽說魏王開始拉攏軍方的親信，正苦無對策，聽到慕容寒竹如此一說，正是說到了節骨眼上，當即問計道。

「先生覺得從何入手為妙？」

慕容寒竹有些為難地看了看長孫無忌，此時才咬牙答道：「某自覺忠武將軍徐真就是個不錯的人選，其人年輕有為，履歷軍功，又得李靖和李勣青睞相傳，更是聖恩正隆，若得此人，大事可成！」

也難怪他會先掃長孫無忌一眼，這長孫無忌曾將徐真視為眼中釘，更是囑託牛進達伺機坑害，如今慕容寒竹剛剛得到李治賞識，就要捧徐真上來，豈非拆了長孫無忌的台？

然而徐真素知慕容寒竹其人其事，他巴不得徐真早日受挫，又怎肯冒著與長孫無忌為敵，葬送了大好前程的代價，來抬高徐真？

李治也是輕嘆一聲，坦誠相告曰：「本王素知徐家哥哥多有文武，前番也曾遊說了一輪，奈何徐家哥哥志不在此，只求軍中立功，並不想參與朝政，或也因此，他才得了聖人賞識……」

慕容寒竹冷笑一聲，與長孫無忌相視一眼，繼而建議道：「大王，若他無真心也就罷了，可若他倒向魏王那邊，卻是一大勁敵，不如未雨綢繆，打壓一番，欲揚先抑，恩威並施，說不得真能將他拉扯過來！」

李治也擔心徐真會倒向魏王李泰，聽慕容寒竹有計，連忙相問，慕容寒竹沉吟片刻，這才說道。

「某聽說徐真常常混亂宮闈，私見公主，若這件事傳了出去，對他必定是個巨大的打擊，損了聖人顏面，聖人必定不喜，這徐真在聖人心中分量，自然要大打折扣……」

李明達聽慕容寒竹如此一說，也是暗自心驚，雖然聖人賞識徐真，但每次她召見徐真可都是私下裡進行，畢竟她還是個未許人家的公主，傳揚出去的確是有損名譽了。

若聖人真個兒對徐真不喜，斷然不可能再讓李明達與徐真相見，這不是要了李明達的命嗎？

「雉哥兒知曉我的心意，該是不會接納這惡人的計策的！」李明達緊握著粉拳，堅信地看著自家哥哥。

果不其然，李治面露難色，遲疑著說道：「如此確實能夠滅了徐真的風頭，但對兕兒的名聲有損，卻是不忍為之……」

李明達鬆了一口氣，看來哥哥還沒有因為奪嫡而忘記親情，到底還是那個心疼她的雉哥兒……

然而長孫無忌卻說道：「大王切不可優柔寡斷，兕兒公主的身份，外人無從所知，大內之人又素知其純良脾性，最多也只是怪罪徐真，又豈會傷及公主名分，若有遲疑，徐真越發勢大，想要拉攏就更加困難矣！」

這慕容寒竹和長孫無忌果然是事先有了準備，一唱一和，終於除了李治的憂慮，後者咬牙狠心道：「既是如此，就按二位的意思去辦吧！」

李明達粉拳捏得咯咯直響，她萬萬沒想到，雉哥兒終究還是沉迷於權力爭鬥之中，全然忘了兩小無猜的兄妹情誼，一時氣急，就要衝出屏風，與自家哥哥理論一番！

# 第一百二十六章 東贊贈禮摩崖相助

有說無巧不成書，又說有心栽花花不發，無心插柳柳成蔭，這李明達本想帶徐真戲耍自家哥哥，卻沒想到躲在屏風後面，卻將這麼大一樁陰謀給聽了去，心知哥哥李治已經被朝堂爭鬥蒙蔽了純真，竟然為了打壓徐真而不顧她的名聲！

李明達是個溫和性子，向來將親人兄妹情誼看得極重，李治這番表現是傷透了她的心肝兒，忍不住就要衝出去說理，卻被徐真給拉了出去。

李治送走了慕容寒竹和長孫無忌，只覺距離那金黃寶座又近了一步，心懷舒暢，腳步都輕快了許多，陡然想起將自家妹子和徐真冷落了，連忙來到內殿，卻發現空無一人，問了下人，說是淑儀小姐和徐將軍已經匆忙離開。

李治心頭固是疑惑，但想著也就作罷，喜滋滋到書房去，將慕容寒竹和長孫無忌的計策都寫了下來，要呈獻到聖人那廂去。

且說李明達回了淑儀院，兀自心傷，哭哭啼啼作了女兒態，徐真心裡也不好受，想著李治是個搖擺的人，聽信了長孫無忌和慕容寒竹這兩個賊人，今後弱主強臣，難免遭受拿捏，心裡也苦思對策。

果不其然，到了翌日，李明達就被召入了宮中，聖人也不忍斥責，只溫言軟語提點，李明達感受到自家大人的疼愛，越是不敢造次，每日裡又思念得緊，抑鬱起來，整個人都消瘦了不少。

李治既將建議呈獻上去，聖人果是大喜，命魏王李泰安排下去，又叫李治從旁輔助，召集多國使臣，參與婚試，將此辦成一樁盛宴，多有與民同樂的態勢。

魏王李泰也想有所建樹，欣然領命，與鴻臚寺諸人妥善佈置，至於考題，卻聽從聖人之意，與李治合謀起來。

二人雖有爭鬥，卻到底是同父同母的親兄弟，共事之餘難免談及閒雜事，勾起許多過往回憶，感受到許久未曾有過的兄弟情誼，李治陰柔，李泰卻是磊落，然儲君之位只得一個，李泰心中暗自下決心，無論如何也只作君子之爭，不害李治性命。

李治卻因慕容寒竹的考題得到採納而心頭暗喜，想著終於是可以超越哥哥李泰，將李泰的大度，當成了可欺。

有李泰和李治相輔相成，諸多詳細很快就制定了下來，交付鴻臚寺和工部等相關部門好生佈設，又命人將此方案發放下去，諸國求婚使者團頓時雀躍起來。

這些個番邦異族皆以尚唐朝公主為榮耀，甚至於琉球等小國都派遣有使者到此，聽聞大唐皇帝陛下要賜婚吐蕃，恨不得馬上送信回去，讓自家王上也攻打一下唐國的邊境，好效仿吐蕃。

如今得了這個消息，自然是搜羅人才智囊，勢必要在婚試之中爭奪魁首，為本國掙回一個唐朝公主！

這邊倒是興奮難耐，祿東贊卻愁雲慘澹，連忙將慕容寒竹給召了回來，商議婚試之事。

他雖通曉大唐風物人情，但別國的使者同樣不甘示弱，且這是吐蕃第一次如此正式地與大唐接洽，若有差池，今後少不得傷了往來。

念及此處，他也顧不得先前對慕容寒竹的怨恨和忌憚，懇切問策於他，慕容寒竹雖然表面上熱情相待，然卻顧左右而言他，只是不提婚試之關鍵，祿東贊乃吐蕃大論，又豈會受氣，不與之辯論，二人不歡而散。

送走了慕容寒竹，祿東贊又擔憂起來，思來想去，只能拜託鴻臚寺的人，動用金資，希望能夠接納一些朝中貴胄，以增贏面。

聽聞忠武將軍徐真聖眷正隆，祿東贊也不顧松州之戰曾經與徐真對壘，換了唐人裝束，齎了厚禮，往神勇爵府來拜會。

徐真從晉王府歸來之後，一直在思量此事對策，一來他確實不願意看到李無雙遠嫁他鄉，但歷史潮流由不得篡改，若慕容寒竹和李治得逞，吐蕃失了賜婚，李無雙就無法嫁到吐蕃去，聖人會因此而折損顏面，李泰也會因此而遭遇責罰。

雖有千萬個不願意，但終究不能讓歷史發生變動，更不能眼睜睜看著慕容寒竹和長孫無忌成為李治的臂膀，他總覺得慕容寒竹接近李治，背後還有著更大的陰謀，故而決不能坐視不管！

心意既已決，聽聞祿東贊親自來拜會，徐真又豈有不見之理，不過為了掩人耳目，也不敢久留祿東贊，收了厚禮之後，馬上就將其打發了回去。

這祿東贊為了討好徐真，可是下了好大一番苦功，知曉徐真乃祆教使者，遂命人獻上吐蕃國中珍藏的祆教法器一件，典籍一部，皆是價值連城的古物！

哪裡知道這徐真收了東西卻不辦事，氣得祿東贊暴跳如雷，卻又無可奈何，想要結交其他朝中權貴已經來不及，只能哀嘆著聽天由命。

然而第二天，卻有一名老者前來，說是受了忠武將軍之托，特來協助吐蕃使者參加婚試，祿東贊頓時大喜，忙將老者請了進來。

摩崖本來就是祆教使者，精通突厥語系，祿東贊雖是吐蕃人，卻也懂得唐語和突厥語，與摩崖一番溝通之後，頓時被摩崖的博學廣聞所折服，念起那兩件寶物，也算是物有所值了。

祿東贊自覺物有所值，徐真何嘗不是如此認為，這祿東贊雖是吐蕃大賢，卻也不識祆教聖物，這部聖經名曰《破曉》，乃是荻花聖殿分支的黑暗秘典，其中除了拜火教神聖言論之外，還暗藏祆教秘術，名曰破曉指，類似於中原烈火掌這般的詭異武學！

其實內勁外放者，在武道一途必是登峰造極，現世罕有所聞，皆以為鳳毛麟角而不可得，烈火掌之類更是不可輕信。

然徐真與摩崖鑽研聖特阿維斯陀久矣，對幻術一道卻算得上宗師級別，這破曉指固然需要勤學苦練，但卻暗含幻術之精髓，需要借助特製法器和藥餌才可施展，祿東贊所贈之法器，正是與破曉指配套使用的法器！

徐真得了李靖的《增演易經洗髓內功》，日夜修習，又與凱薩密修雙人瑜伽之術，對修練一途越發沉迷，得了這兩件寶物，又如何不喜出望外？

對於唐太宗六試吐蕃婚使的故事，野史軼聞多有記載，但眾說紛紜，徐真也不能確定真偽，正絞盡腦汁搜尋記憶，牛進達卻尋上了門來。

這位莽漢子憑藉松州之戰，終於從左武衛將軍提為左武威大將軍，多年軍旅生涯也算是得了個圓滿，此事多得徐真玉成，自然要好生感謝一番。

徐真知其豪爽，也收下了他的禮，命人擺了宴席，吃了一回酒，牛進達幾觥酒下肚之後，話越多了起來，提醒徐真道。

「徐老弟，不是哥哥多嘴，你要在這官場上打滾，有時候確實需要收斂一下鋒芒，別個不說，單說這長孫……這人你就不能頂撞……今次聖人獨獨不賞你，就是那人在聖人面前說了話，說什麼愛惜你的才華，未免遭受別個的妒恨傾軋，不能晉升太快，聖人也採納了……」

「要不是老弟做事厚道，老哥哥也不會冒險說這番話，聖人雖然看重你，但也架不住三人成虎眾口鑠金吶……」

徐真本來對這牛進達印象不佳，但看他此時推心置腹，連長孫無忌對自己如何都說了出來，心裡也是一暖，敬了一杯道：「多得哥哥提點，小弟卻是知了，只是大丈夫頂天立地，若活得不自在，縱使官位再高，又有何益？」

牛進達聞言，心裡也是輕嘆，想當年他們這幫老兄弟，何嘗不是這等想法，然而歷經多年的打拼，誰還曾記得這年少輕狂的荒誕話兒？

這場酒一直喝到了下午，牛進達才盡興而歸，徐真也沒有了思量婚試的心思，撫摸著長刀，心頭悶氣湧了上來，不覺借著酒勁舞了起來。

長刀揮灑寒芒，也不講求招式，不多時就出了一身汗，徐真這才停了下來，正欲回去歇息，轉身卻發現一襲倩影立於身後，不知從何時開始就在此處觀看徐真揮刀。

且說這李無雙既已見識了戰場之慘烈，終於堅定了心中的念想，答應了這遠嫁異族的事情，心裡雖然不甘願，卻又深明大義，不得不為，始終不得排解，思來想去，還是來到了神勇爵府。

見得徐真揮舞長刀，酣暢淋漓，不由看得癡了。

二人本是歡喜冤家偏聚頭，相互看不上眼，可經歷了松州之戰後，李無雙始終記得那山洞之中相處的一夜，腦海之中滿是徐真那略帶邪氣的笑容，任由輾轉，仍是揮之不去。

眼看著聖人篤定了要再次賜婚，只是多了婚試這一環節，說不好要嫁到哪個屬國去，到底是身不由己命若浮萍的女兒家，心裡更是煩悶，又無處可說，只能找上徐真。

徐真摸了一把汗，朝李無雙嘿嘿一笑，舉劍相問道：「丫頭，要不打一場？」

李無雙微微抬頭，也露出笑容來，只道一聲好，拔出寶劍來，與徐真鬥在了一處，劍光人影相互交纏，多少言語咽了回去，卻透過一招一式，無聲彷有聲罷了。

打著打著，李無雙的眼眶開始濕潤起來，但見夕陽斜斜，映照四野，人傷語凝噎，手腳忙不迭，心頭不得歇，只求他日再見時，燈火滅，雙棲雙悅。

第一百二十七章

# 盛典開幕徐真表演

前番說到慕容寒竹與長孫無忌聯合謀劃，獻策於晉王李治，使其向聖上進言，舉行盛大的婚試比賽，以彰顯大唐國威，並故作大度將此事交予魏王李泰來籌備主持。

這李泰也是個想要幹實事的人，於文教禮儀之事頗為熱衷，與鴻臚寺一番合計之後，終於將大案給定了下來。

徐真生怕吐蕃大論祿東贊會在婚試之中落敗，故而接受了他的厚禮，遣摩崖前去與之溝通，共同參詳婚試之宜，自己卻在不斷回憶史料，希望能想起婚試的題目。

這史料也未必詳實，諸如這次婚試，只在野史傳說異聞之中得見，有說五試婚使，也有說六試婚使、七試婚使，且盡皆言之鑿鑿，各執其詞，真偽難辨。

徐真一番回憶，也將傳聞之中婚試之題目瞭解了個七八分，然而心裡也是發虛得緊，畢竟年代久遠，多有增刪，也做不得準。

正為難之際，魏王李泰卻尋上門來，使執事拜了帖子，誠邀徐真過府一敘，徐真本不願與魏王李泰有過多交集，畢竟他已經知曉後者的下場。

可想到慕容寒竹與長孫無忌已經聯手，說不得要把持拿捏毫無主見的李治，徐真自覺需要朝堂力量來加以壓制，是故猶豫了片刻，也就到魏王府上拜訪。

魏王李泰乃是此次婚試的主持人，自然是知曉婚試題目的，若能從他口中探聽到消息，也就能夠有計畫的去搜羅答案，如此一來，就不愁祿東贊的吐蕃使者團會落敗於人。

念及此處，徐真也一改往常的冷淡，見得魏王李泰出門相迎，連忙做出受寵若驚的姿態來，二人入了府，分賓主落席，相談甚歡。

李泰面容俊美，身子卻臃腫不堪，經不得長久跪坐，府中置有胡凳胡床，又有扶几支撐，命人擺了宴席上來，這才與徐真細細訴說。

原來他對徐真的幻術修為早有耳聞，而那些個番邦異族的使者團都是些崇信神鬼異人的傢伙，其中更不乏祆教信徒，徐真祆教使者的身份可是貨真價實，若能在婚試儀式開幕之時，讓徐真施展幻術，豈非美事一樁？

徐真本不願出這個風頭，然而聖人在朝堂上將這事交付魏王，命有司及相關人等不得推諉，徐真也不知自己是否因為李明達而為聖人所不喜，這個節骨眼上若再有差池，自己就越發不受待見，還有甚麼資格與長孫無忌和慕容寒竹抗衡？

形勢所迫，徐真也只好答應下來，但他也多了一個心眼，正好趁機會問及婚試內容，以便於自己的幻術表演能夠切合主題，魏王不疑，遂將婚試內容都告之徐真，後者心頭暗喜，且是不提。

既答應了魏王，徐真也好生計畫了一場，又與摩崖、凱薩細細商議了一番，將需要表演的幻術給定了下來，又私下裡訓練嫻熟，這才安下心來。

到得婚試這日，文武百官齊聚，帝女、小姐、宮人如春花爛漫，萬國使者成群而來，太液池經歷了漢王行刺之變後，又迎來了一個花團錦簇的好日子。

且有詩為證：太液波清水殿涼，划船驚起宿鴛鴦；翠眉不及池邊柳，取次飛花入建章。御座垂簾秀額單，冰山重疊貯金盤；玉清迢遞無塵到，殿角東西五月寒。

魏王奔走操持，各司井然有序，偌大的太液池苑搭建起巨大的會場，並無奢華，卻又不失恢宏浩大，真真讓與會之人頗感新奇。

諸多使節團早已買通了朝中人脈，加上慕容寒竹有心作梗，將試題內容都洩露了出去，唯獨隔絕了吐蕃使節團的耳目，若非徐真早有準備，今次說不得真讓他得了逞。

魏王一身紫金，端莊大氣，往來接待無所不周，可謂面面俱到，頗得人心。

正吵鬧間，有宦官傳報，聖駕降臨，但見大唐皇帝一身玄黑龍袍（大唐以黑色為尊貴），頭頂通天冠，這通天冠凡二十四樑，附蟬十二首，加金博山，配珠翠黑介幘，盡顯聖上尊嚴。

聖駕既到，各部紛紛行禮朝拜，又是一片山呼海嘯，見得如此場面，聖人也是心頭大喜，對魏王越是喜愛。

李明達緊隨聖駕，在人群之中搜索徐真身影，卻又不得見其人，心頭不由疑惑，反倒見得稚哥兒李治的身邊，除了老國舅長孫無忌之外，還多出了一個儒雅風流的中年文士。

聖人既已落座，魏王昂然而出，朗聲唱道：「夫天眷巍峨大唐，為萬國上邦，展恢宏之氣象，攏萬民之敬仰，囊括四海而無傷，仁愛天下，教化八荒……」

這李泰文采飛揚，氣度不凡，一番致辭博得陣陣喝彩，聖人頻頻點頭，待得洋洋灑灑終了，儀式正式拉開了帷幕，卻見徐真一身緋色補服，款款而來，登上了高臺。

長孫無忌見得徐真如此英姿，心裡多有不快，這徐真雖然穿戴並無僭越，然則背後卻披掛了一張猩紅披風，於服飾規矩上並不契合，若不是知曉魏王要他表演幻術，單單這條披風，就足以成為諸多言官彈劾徐真的由頭了。

見得徐真上臺，李明達不由微微前傾身子，眼中滿是期待，那條猩紅披風，到了李明達眼中，反而為徐真更添颯爽，看得李明達雙眸發亮，李世民見得女兒如此姿態，不由微微皺眉。

雖說徐真與李明達有著生死情誼，然畢竟身分差距懸殊，此時徐真也只不過從四品的上府都尉，忠武將軍的名號也不過是個散官，加上長孫無忌等一干老臣以顧忌皇家禮法體統為名，彈劾徐真屢次私入內禁，使得李世民臉上也不好看。

故而對於徐真與李明達之事，李世民不得不更加的謹慎，見得李明達有失儀態，不由用目光示意了一下，李明達這才老實下來。

這些個使者團的人來自於天竺、格薩、大食和霍爾等國，早聽說過徐真之名，今日見得徐真如此年輕，心裡也暗自驚奇。

祆教由來已久，於西域傳播甚廣，影響巨大，故而聽聞徐真有阿胡拉之子的名聲，又是正式持印的葉爾博，諸多人心裡多少有些懷疑。

但見徐真面東而拜，高聲唱經，言語嫻熟純正，卻是聖特阿維斯陀的一段頌文，此經一出，台下多有祆教信徒，紛紛跪拜下來，這使節團之中居然跪下了一半人有餘！

待得經文唱罷，這一半人已經對徐真的身份再無半分懷疑，反而懊悔起初為何不盡力結納。

徐真唱完了經，環視台下一圈，又朝聖駕上行了一禮，這才正式開始了自己的表演。

只見他緩緩將背後的猩紅披風解了下來，雙手各持一角，將披風展開來，內外翻了一遍，以示無物，繼而將披風擋在胸前，遮蓋下半身，口中念念有詞之後，不斷輕輕地抖動披風，一股煙霧居然從他的腳下慢慢升騰起來！

徐真能夠虛空召火，早已不是什麼秘密，但在如此盛大的儀式上表演，這還是頭一回，諸如張亮和尉遲敬德這等崇信鬼神之人，此時早已心頭震撼難平！

隨著煙霧升起，徐真慢慢將披風提起來，詭異的是，他的雙腳居然不見了，整個人如同懸於半空一般！

人群頓時爆發出一陣陣的驚嘆，喝彩聲不絕於耳，後宮的嬪妃婕妤紛紛側目，她們深居大內，何時見過這等靈異之事！

李明達早已見慣不怪，反而與諸多宮人戲說徐真過往，臉上頗為得意，引得諸多宮人羨慕不已。

徐真將那披風緩緩放下，再次提起的時候已然腳踏實地，而後慢慢下蹲了半分，將那披風再次掀開來，身前卻無中生有，多出一個裝滿水的大甕來！

「嘶！」

人人紛紛倒抽涼氣，只覺白日見了神靈，其中多有迷信者，早已將徐真視為神師，駭得渾身輕顫，恨不得將徐真的容貌刻畫下來，塑了金像，在家日夜供奉拜祭！

徐真將手探入甕中，掬了一捧水，面向聖人，雙手潑灑出去，那水卻變成漫天的金屑，彷彿在向聖人獻禮，惹得李世民雙目大睜，心頭卻是驚喜不已！

世人皆傳說有那點石成金的神仙藝術，卻不得所見所聞，今日見徐真潑水成金，可謂大開眼界，全場震驚不已！

然而徐真的表演還未結束，只見他又抓起披風來，蓋住了水甕，口中念咒，再次將披風掀起之時，那水甕卻變成了一個大火盆！

火盆之中的炭火有些黯淡，可清風一吹，很快就煙霧瀰散，小火苗四處亂竄，很快就燃起了大火來！

「火！火！火！」

祆教以拜火而馳名，徐真懂得烈焰法術已經多有傳頌，今日再次變出火盆來，又如何讓那些個祆教信徒淡然處之，見得這火盆出現，諸多信徒紛紛拜倒，口呼徐真之名，是徹底讓徐真給折服了！

全場震撼之時，徐真又將披風拉起來，將自己的身子遮擋起來，伸手往火盆一指，那盆中的烈焰轟然升騰起來，大量煙霧將徐真遮蔽了起來，待得煙霧散去，卻只見那披風無力落地，哪裡還見得徐真半分人影！

「又是那個分身之術！」

長孫無忌和張亮等人心頭大駭，這已經是徐真第二次在太液池邊表演這個術法了！

## 第一百二十八章

# 東贊為難久年用智

徐真從池水裡冒出半個頭來，發現人群猶如死亡一般寂靜，也不敢上岸，突然聽得人群爆發出驚恐萬狀的呼喊，卻見得人群之中，又一個徐真緩緩往高臺上走去，卻是易容成徐真的張素靈了！

趁著人群呼喊之際，徐真連忙從池水之中爬出來，借助凱薩的掩護換了一身乾淨衣服，這才鬆了一口氣。

魔術師戒條之中有這麼一條，不在同樣的觀眾面前表演同樣的魔術，這已經是他在太液池第二次表演分身術，說不得會引起別人的懷疑。

然而他為了效果，也顧及不了這許多。

但見張素靈惟妙惟肖地模仿著徐真的步態，舉著一面彰顯大唐軍威和聖人恩澤的唐旗，緩緩走上高臺，半跪著獻與李世民，魏王李泰作為主持人，代聖人接過了唐旗，使足了力氣揮舞旗幟，高聲喊道：「大唐永勝！」

「大唐永勝！」

「大唐永勝！」

在場的人們跟著高喊，心中滿滿的都是自豪與驕傲！諸多使節感受到唐人的熱血與團結，心頭盡皆肅然，更加堅定了迎娶公主，與大唐建立穩固外交的決心！

李泰將旗幟獻與聖人，這一儀式才算結束，張素靈默默下臺，混入官員之中，與徐真再次調換了過來。

根據先前的籌備，這第一道考題正是以旗幟為內容，由聖人親自發佈，然而聖人命千牛衛將旗幟插在旁邊，卻命人捧來一盤明珠，要賜予神勇伯爵徐真。

徐真待得張素靈揭下假面皮，這才出現在人群之中，猛然聽到聖人要賞賜自己，連忙上了高臺。

松州一戰之後，牛進達等人都得到了極高的封賞，這也是為了東征高句麗做準備，然而松州之戰的首席功臣卻沒有得到任何的賞賜。

這也是李世民聽從了長孫無忌和岑文本等一干老臣的諫言，生怕徐真升遷太快，心性沉澱不下來，這才暫時壓了下來。

如今徐真在儀式上彰顯大唐國威，使得萬眾臣服，作為皇帝陛下，李世民自然要賞賜下去。

而且他賞賜明珠也不是無的放矢，因為晉王李治將魏王李泰和鴻臚寺所制定了試題呈上來之後，這第一道題目，就是跟明珠有關。

「徐愛卿文武雙濟，正是我大唐英才的典範，朕以明珠相賜，正是希望我大唐英豪有如這明珠一般，絕不蒙塵埋沒！」

徐真感受到李世民的良苦用意，心中頓時溫暖，謝恩道：「聖上隆恩，徐真敢赴死以報效！」

李世民笑著滿意點頭，連聲說好，而後又指著徐真雙手上的托盤道：「即使如此，這第一道婚試難關，就以這明珠為引吧。」

諸人見得重頭戲碼即將上演，一個個心頭激動，而諸多使節也是躍躍欲試，只剩下魏王李泰如遭雷擊，呆立於原地，卻是一時不知所措也！

他猛然朝弟弟李治投去質疑的目光，後者卻故意不接觸哥哥的目光。

「稚奴賣我也！本王還秉承君子之爭，這稚奴怎可如此待我！」李泰怒火中燒，很快就想到了其中曲折，他也沒個戒備，將試題都交於李治，由他呈獻與陛下，畢竟這個提議本來就出自於李治，也正是因為李治的推舉，聖人才分派給他李泰和鴻臚寺。

故而他感懷李治的恩情，將題目放心交給了李治，也不獨貪了這功勞，沒想到李治卻偷偷將試題給調換了，如此一來，魏王李泰對接下來的試題內容一無所知，又該如何主持這場盛世！

徐真也是心頭大驚，這婚試的題目內容可都是李泰透露給他的，如今聖人借賜明珠拋磚引玉，顯然並非臨時起意，而是有意為之，再看李治和長孫無忌、慕容寒竹等人的表情，徐真已然明白了過來，這李泰是被李治給坑了一道！

李世民見得兒子李泰呆若木雞，久久不來接洽，心有不滿，眉頭一皺，不由問道：「雀兒（李泰乳名青雀），如何還不開始？」

李泰渾身顫抖，心裡憤怒到了極點，卻又無法當場發作，思來想去無對策，卻又不想輕言放棄，一張俊俏臉面頓時漲得通紅，氣氛怪異到了極點，台下紛紛議論起來，這魏王可是失態之極了！

李世民素知李泰重禮儀，如此盛大場合之上，他是不可能失神的，但事關大唐威嚴，李泰呆若木雞，顯然是對考題不熟，不知如何接應，也難怪考題由李治獻上來，感情這李泰對考題沒有任何的接觸啊！

作為此次比賽的主持者，李泰居然連試題內容都不清楚，這讓李世民如何不憤怒。

然而他跟李泰一樣，如此關鍵時刻又怎能失態，不由暗嘆了一聲，將目光掃向了李治，李治心領神會，強壓心頭喜悅，出而請命道：「泰哥兒為了這典禮，日夜操持，心神損耗，精神不濟，不若就由稚奴接替這剩下的環節吧……」

李泰身子一僵，猛然抬起頭來，眼中滿是悲憤委屈的淚水，然而李世民只是冷哼了一聲，朝他擺手，示意魏王下去。

心頭一涼，李泰怒而看向李治，後者卻是雲淡風輕，似乎這所有的一切跟他無關一樣，待得李泰忿忿下去之後，他才緩緩開口道：「南越有珠，中有九曲，今賜爾等軟綾一根，能使綾線穿珠者，即可得勝，今番由聖上親自出題，還望諸位盡顯才智。」

話音未落，早有鴻臚寺的執事們送上托盤，盤中果然有拇指大的明珠一顆，明珠之上有個九曲孔洞兒，有使節心浮氣躁，連忙用口水搓硬了綾線，就要穿那明珠的九曲孔，然而終究是不得成功。

又有大食國的使節生了妙計，將綾線的一頭插入九曲孔，卻在另一頭用力吸氣，仍舊無法將綾線給穿過去。

慕容寒竹與長孫無忌早有考量，聖人他日正遼東，勢必要用上靺鞨和室韋這兩個屬國的兵馬，遂讓李治偷偷將試題洩露給這兩國的使節，這兩國念了李治的情，還愁聖人不對李治另眼相看？

這邊是胸有成竹，祿東贊卻是心急火燎，他信任徐真，自然將原先的題目都解答了出來，然而臨時變了題目，連魏王李泰都下了台，他又豈會看不出其中的貓膩，再者，慕容寒竹就在長孫無忌的身邊，他祿東贊可是對慕容寒竹恨之入骨了！

眼看著諸人一籌莫展之時，卻有靺鞨的使節上前來展示，只見這昂昂九尺的野漢子，居然懂得捉了一隻大黑螞蟻，將一根絲線綁在螞蟻的腰上，絲線的另一頭則連接綾線，又在九曲孔眼的端頭抹上蜂蜜，將螞蟻放在另一邊。

這螞蟻嗅聞到蜂蜜的香氣，又得那使節緩緩吹氣來引導，竟然帶著絲線，順著明珠中間彎彎曲曲的小孔，緩緩從另一邊爬了出來，綾線自然也就跟著那根絲線，從九曲明珠之中成功穿了過去。

諸多使節也是沒想到，這韃鞨人看起來粗獷無腦，捉慣了馬刀的粗大手指滿是老繭，連絲線都捏不起來，又怎會想得出如此奇妙的辦法來！

然而事實就擺在面前，那韃鞨使節嘿嘿笑著，露出一口大黃牙，實在讓人又羨慕又氣憤。

祿東贊惡狠狠地掃了慕容寒竹一眼，卻是一點辦法都沒有，只能悄悄派人找來徐真，商議接下來的對策。

徐真也是愛莫能助，這種動腦子的活計，還有誰比張久年更合適？既然決定要協助吐蕃，不能坐視長孫無忌和慕容寒竹奸計得逞，徐真也是狠了心。

張素靈得了徐真的囑託，與張久年退入諸多弟兄的背後，一番巧手改扮之後，張久年居然成了活脫脫的吐蕃人模樣，留著翹起的「几」字胡，眼線明顯，兩頰留著高原紅，就這麼混入到了吐蕃的使節團之中。

祿東贊知曉徐真手下能人異士眾多，也不敢怠慢，將張久年視為智囊，這第一題既然已經失掉，剩下的題目可就要奮力必爭了！

李世民這段時間正憂心，沒想到這些試題動起手會竟是如此別出心裁和有趣，對李治滿眼的讚賞，再看看垂頭喪氣的李泰，難免有所比較，暗自搖頭。

第一題讓韃鞨使節團的人領先，諸國使節難免不服氣，翹首以待之中，第二道題目也就跟著上來了。

偌大的賽場之上，居然有契苾、和党項的族人，將一百匹騍馬和一百匹馬駒趕到場上來，讓諸多使節團的人，來辨認這些騍馬和馬駒的母子關係！

比賽再次開始，諸國婚使各顯手段，這些西域國人自問對馬匹並不陌生，有使者按毛色來配對，又有使者看口齒老幼來區分，也有使者丈量高矮與體型，然而馬匹數量眾多，混雜在一起，實在難以分辨。

祿東贊心急，連忙催促張久年，免得讓人搶了先機，張久年也是個急智之人，連忙命人取了一物，卻是一筐筐的鹽巴！

在張久年的指揮之下，吐蕃婚使團的人手都發動起來，將鹽巴都投給那些馬駒來舔舐，這些馬駒吃了鹽巴之後，口渴難耐，紛紛跑回馬群之中，尋找各自的母馬來吃奶，便輕而易舉辨認出它們的母子關係來！

那靺鞨和室韋的婚使接受過慕容寒竹的提點，本想著只給投料，不給馬駒喝水，待得馬駒口渴，自然尋找母馬喝奶，沒想到吐蕃這邊更加的快速，直接餵了鹽巴，於是敗了這場。

祿東贊心頭大喜，忙命人賞賜張久年。

長孫無忌心頭對靺鞨和室韋的婚使多有不滿，知曉徐真在暗中幫助吐蕃，也是氣不打一處來，當即朝李世民建議道：「聖人明鑒，所謂獨樂不如眾樂，不若由聖人出一題，讓文武百官也參與進去，無關結果，純屬娛樂，可好？」

李世民也覺得有趣得緊，遂答應了下來，這李世民也是個才智通天的人，沉思了片刻之後，題目也就出來了，卻是讓人指認一百隻雛雞與百隻母雞的母子關係！

這些個文武不乏頭腦活絡之輩，然而倉促之下，哪裡能想到好的訣竅，這李世民也是臨時出題，自己都不知該如何解答，見百官無應答，心裡也是失望，正當此時，長孫無忌又出列道。

「忠武將軍向來不乏奇思妙想，想必已然有了解決之法，如今笑而不語，難不成連聖人面前，都要藏拙不成？」

李世民聽得此言，連忙將徐真給召了出來，興致勃勃地問道：「徐愛卿可果真有妙策以對？」

徐真微微一愕，算是恨透了長孫無忌這個老匹夫了！

# 第一百二十九章
# 閣老刁難禮炮解題

古語有云：「木秀于林，風必摧之。」，徐真本不願參與二王奪嫡，可樹欲靜而風不止，他的快速晉升，引發朝臣諸多忌憚，又不能為人所用，也難怪長孫無忌會刻意打壓，再加上慕容寒竹這等宿敵投了長孫無忌麾下，又豈能安生苟且？

雖明知長孫無忌刻意刁難，使得徐真在文武百官和諸國使節面前出醜，但徐真又不得不被動接招，上前行禮道：「徐某雖不才，願意一試。」

李世民欣慰地點了點頭，心裡卻兀自冷笑，他又豈不知長孫無忌的心思，如今文武朝臣儼然分成了三塊，或支持魏王李泰，或力挺晉王李治，或潔身自好明哲保身作了牆頭草。而以李世民所見，徐真既不支持魏王李泰，又不幫助晉王李治，一句但求為國守邊拓疆，已然深得李世民的欣賞。

所謂民為貴，社稷次之，君為輕，李世民固有水能載舟，亦能覆舟之論調，向來以民為本，徐真不參與權謀爭鬥，一心為國為民，又怎能不讓李世民心動？

早在吐谷渾之戰過後，徐真將殷開山的長刀和天策紅甲帶回，李世民就覺得此乃上天的安排，將徐真這等人才引至自己的身側，由是決意重用。

而後徐真揭破漢王李元昌的行刺計畫，從李世民遣其前往齊州平叛之時開始，就對徐真有了重用之心，而後的松洲之戰也不必說。

像李勣這等老臣，若非深明聖意，知曉聖人想要培養徐真，就算再愛惜徐真之才，也不好將畢生所學私下相授。

李世民也有自己的考量，眼看著年紀越大，諸多事情力不從心，若立吳王李恪為儲，憑藉其文治武功和心智城府，或許還能夠鎮壓得住這群朝臣，可由於其出身隋室，立吳王為儲已經難以實現。

剩下的無論是李泰，還是李治，與軍事一途並不精通，也無涉獵，既無武功，何以鎮得住這些個頑固老臣？

李世民是故欲立軍中棟樑，如李勣這等功勳卓越的老將，確實能夠獨撐一面，然而李世民又擔心這些人會擁兵自重，用人者，該當知曉左右權衡之術，這徐真一片赤誠丹心，正是最佳人選。

徐真也並未深究此中意義，既是聖人囑託，自當發揮聰慧才智，不能讓長孫無忌和慕容寒竹將自己給踩了下去。

且說這分辨百隻雛雞和母雞的母子關係，卻比分辨騍馬和馬駒要困難得多，起碼這母雞是沒奶給雛雞喝，老辦法決不能用。

諸多婚使也是冷汗淋淋，好在這等題目沒有落在自家頭上，否則又要絞盡腦汁煞費苦心了。

這些都經過了慕容寒竹嚴謹的推算，眼看徐真愁眉不展，一副束手無策的模樣，長孫無忌心中也是頗為得意，對慕容寒竹又高看了一截。

李明達本就對李治失望透頂，如今見得長孫老匹夫為難徐真，好教徐真在諸人面前出醜，心裡越發不喜李治和長孫無忌。

曾幾何時，她將長孫無忌視為慈祥的老國舅爺，對諸多兄弟姐妹也是親愛有加，可直到現在她才明白一個道理，或許真的是帝皇之家無親情。

她的目光不由落在了徐真的身上，她與徐真曾患難與共，雖血脈不同，但情誼卻真摯如親生兄妹，只是她心有不滿，倒是不願與徐真做兄妹，或許……

她並未再多想下去，因為徐真沉默許久，仍舊沒有良策，等待繼續比賽的婚使們已經多有腹誹，百官之中又多有心之人挑唆，儼然已經開始嗤笑徐真。

見得李明達如此緊張的模樣，李世民也是無奈苦笑，他並不擔心徐真會想不出法子，因為他關心的並非徐真的表現，而是文武百官對徐真的態度！

自己如此青睞徐真，文武百官仍舊不將徐真當個人物，只顧一味打壓，這也讓李世民感到極為不安。

他看著徐真那孤高的背影，看著他那不為所動的姿態，似乎越發堅定了自己心中的想法。

徐真沒時間去考慮皇帝陛下的心思，他將所有的精力都放在了這個難題之上，他沒有七步成詩的急智，卻有著唐人無法擁有的知識。

張素靈也在為自家主公擔憂，但她很堅信，這位主公越是在艱難的時刻，就越是能夠表現出常人無法想像的鎮定與智慧。

果不其然，正當她憂心之時，徐真朝她招了招手，她連忙疾行而來，徐真附耳細細囑託了一番，張素靈雙眸大亮，臉上頓時浮現驚喜之色。

姜行本隨軍往松州，與徐真一番合作，也使得他聲名更隆，聖人更是私下裡召見他，問及松州之戰，他將與徐真製造驚蟄雷的事情說出來之後，聖人都為之驚嘆。

他也終於明白為何閻立德和李淳風等人如此推崇徐真，得了重賞之後，他越發對徐真感興趣，此時見得徐真受困於這等難題，也是暗自替徐真捏了一把汗。

正擔憂之時，卻見徐真驅使了張素靈過來，姜行本聽了張素靈的轉達之後，臉色頓時變了，但咬了咬牙，很快就退出人群，匆匆趕回府邸。

長孫無忌等人見得徐真久久沒動靜，也不急躁，卻給下面的人使了個眼色，其時有中書舍人高季輔，乃李治派系的人物，得了長孫無忌的授意，遂嘲諷道：「徐將軍若無良策，但可直言，我大唐朝中能人智士輩出，相信早有人心有答覆，將軍不若讓賢與人，切莫耽誤了婚試比賽！」

這高季輔出身渤海高氏，也算郡望之後，年少時勤奮好學，精通武藝，以仁孝而聞達，武德年間加入了叛軍，後降大唐，被授陟州總管府戶曹參軍，當今聖上繼位後，被擢為監察御史，每有彈劾，不畏權貴，這才升了中書舍人。

貞觀八年，聖上命近臣評論時政得失，高季輔上表五疏，重正直官吏，輕賦稅徭役，抑公侯奢靡，種種見解頗得賞識，聖人深以為然，由是入了長孫無忌的眼，得以加入李治這邊的陣營。

高季輔看似為了比賽著想，實則卻在嘲諷徐真無能，諸多朝臣早已煩躁，附和者甚多，更有甚者已經開始出言驅趕徐真，會場上一片非議譏笑。

徐真冷笑一聲，直視著高季輔道：「閣老如此說法，想來是有了妙計，徐真無用，不如就將此重任交托於閣老？」[7]

大唐雖尚武，但武將不得妄議政事，文官的地位很高，向來看不起耍刀弄劍的武夫，這也正是長孫無忌看不起徐真的原因，皆因徐真讓他們看到了一個有勇有謀的武夫形象，

註

7 唐朝以中書舍人中資格老的稱之為閣老，後來中書舍人和給事中都成為閣老，慢慢演變成中書省和門下省的屬官都可成為閣老，是一種敬稱。

為朝中武將長了臉。

高季輔也沒想出甚麼解決方法，這題目乃聖人根據前面一題所改，難度提升起來，莫說高季輔，其他人也未必就有結果，聽得徐真反唇相譏，高季輔頓時不悅。

「此乃聖人所制之謎，非常人所能揣測，老夫又怎能解開，只是看不慣你拖拖拉拉，耽誤了時辰，既無對策，又何必拖延時間，不如爽快一些好了！」

高季輔擺明了看不起徐真，從頭至尾就從未想過徐真能夠解開這難題，是故此話一出，諸多文官也是哄然大笑，武將們臉上頓時無光！

徐真也毫不示弱，底氣十足地反駁道：「閣老既同樣沒法子，何故來嘲笑徐某，明知事難為而為之，乃我輩武將之風骨，閣老久居書廬，想來是無法理解了。」

徐真此言一出，武將們頓感解氣，高季輔見徐真嘲笑文臣怕事畏難，胸膛頓時火起，正欲憑藉三寸不爛之舌，將徐真貶低得一無是處，卻見得姜行本匆匆而來，將一物交到了徐真的手中。

眼看著所需之物到手，徐真心頭暗喜，朝高季輔擺手道：「還請閣老稍稍回避，免得徐真解題之時，驚嚇到閣老……」

徐真此話一出，高季輔頓時臉色鐵青，你分辨個雛雞母雞，還能嚇唬到我，這不是在譏笑我等文官膽小如鼠！

「你！」

高季輔氣得吹鬍子瞪眼，諸多武將卻是會心大笑，徐真也懶得理會，見得姜行本將米粒兒都撒了出去，那些個雛雞開始聚攏起來，啄食米粒兒，隱約已經分出涇渭，遂將手中之物高高舉了起來。

李世民素知徐真多奇思妙想，無論是閻立德，還是姜行本，都對徐真讚不絕口，如今見得徐真高舉一個人腿粗的竹筒，也是被勾起了興趣。

徐真見得時候差不多了，就攤開右手來，「啪」一聲打了個響指，食指上居然燃起一股火焰來，眾人不由嘖嘖稱奇。

而徐真則用手指上的火焰，點燃了左手竹筒口上的一根引線。

全場矚目，那高季輔也是不明所以，盯著徐真手中的竹筒出神，那引線如發光的小蛇一般鑽入到了竹筒之內，嘶嘶冒著青煙，過得片刻，卻是響起一聲震撼人心的雷爆之聲！

「轟！」

徐真手中竹筒噴湧出煙火，一道火光從竹筒飛出，沖天而起，升至最頂點之後陡然爆炸開來，頓時火紅烈焰花開半空，隱約可見浴火鳳凰的形象姿態！

高季輔哪裡見識過這等怪異之事，被那聲巨響驚嚇了一陣，雙腿發軟，居然不受控制地跌坐在地。

在場之人無不驚奇地仰視著半空之中的火樹銀花，心中無不驚嘆難平，待得半空火鳳瀰散，仍舊意猶未盡，待得回過頭來，卻見得高季輔被驚嚇得跌坐在地，臉色蒼白，哪裡還有半分儀態可言。

更讓人嘆服的是，經受這平地驚雷的震懾，雛雞驚恐萬狀，紛紛鑽入各自母雞的羽翼之下，百隻雛雞和母雞由是得以區分，卻是完美的解決了這道難題。

在眾人佩服的目光之中，徐真緩緩朝李世民行禮道：「驚恐了聖駕，徐真罪該萬死……」

李世民也是個見慣了戰場的人，又豈會像高季輔這等文弱，反而對徐真之物好奇非常，遂擺手示意無礙，繼而問道：「徐愛卿這是何等奇物？」

徐真微微一笑，拱手道：「此乃徐真之發明，寓意雛雞化火鳳，多得聖恩眷顧，是為禮拜聖人之物，當稱之為禮炮！」

# 第一百三十章 魏王李泰決意反擊

上回說到徐真利用禮炮驚嚇之作用，成功解決了李世民的難題，更是嚇倒了中書舍人高季輔，贏得陣陣喝彩，氣得長孫無忌兩眼發白。

李明達自是歡呼雀躍，李世民欣慰有加，諸人見識了徐真的心智手段，心裡也暗自驚嘆不已。

這已經不是徐真第一次技驚四座，歷經這麼多的事情，他也慢慢打開了自身名聲，於西域而言，燒柴人和阿胡拉之子的名號可謂響噹噹，於大唐，新晉忠武將軍徐真，奇謀百出驍勇善戰，又得李靖和李勣親傳，聖上更是青眼有加，何人敢小覷？

慕容寒竹也是終於摸清了徐真在朝堂上的聲望，與長孫無忌暗自合謀一番，暫時放棄了再令徐真出醜的計畫，婚試比賽得以繼續進行。

李治既已將慕容寒竹召為幕僚，又不惜詆毀李明達和徐真的名聲，早已跟徐真站在了對立面之上。

起初他對徐真還有著些許感恩與佩服，如今滿心則只剩下忌憚，他終於與長孫無忌意見相同，若不除去徐真，對自己奪取儲君之位，實在是一個極大的威脅。

這也越發堅定了他對慕容寒竹所獻策略之執行力度，心有憤懣，則散之於外，連帶不滿於靺鞨與室韋的婚使，李治強壓心頭抑鬱，這才開口道：「徐將軍智勇過人，乃大唐規範，諸位也不可落後才是。」

隨著李治的掌控全場，鴻臚寺執事們紛紛行動起來，卻是命人抬來一百段松木，這些松木經過切割打磨，圓滑如一，需要婚使們分辨根與梢。

諸國婚使又開始竊竊合議，大食國的婚使顯然找到了辦法，他們用一根繩子綁住松木的中點，往下墜的那一頭，就是根，往上翹的那一頭就是梢。

但一百段松木也不是一下子就能全部完成的，其他諸國婚使得了這種辦法，也紛紛效仿，一時間氣氛頓時緊張了起來。

張久年也想過這種辦法，但畢竟落後了大食國婚使，他不由往徐真這邊掃了一眼，卻看到徐真指了指旁邊的太液池。

「如此甚好！」

張久年馬上就領悟了徐真的意圖，只要將這些松木全部丟進太液池之中，松木根部略重就會沉入水中，梢則會浮起來，如此一來根本就不用一根一根去衡量了！

那靺鞨的婚使也是有眼力的人，知曉李治已經對自己不滿，但又怕出手太早會引發別人懷疑，故而只裝作思考沉吟，遲遲不見動手。

慕容寒竹對吐蕃使節團知根知柢，早已知曉張久年乃是徐真的人，混入吐蕃使節團想要壞他的大事，故而一直密切關注著張久年的一舉一動。

當張久年從徐真處得到提示之時，慕容寒竹也是敏銳得捕捉到了這一點，連忙用眼色暗示鞣鞨婚使。

鞣鞨婚使還在裝模作樣，哪裡會注意到慕容寒竹的目光提示，眼看著吐蕃婚使團開始搬運松木，那鞣鞨婚使才醒悟過來，慌忙組織人手，將松木率先丟入到太液池之中。

雖鞣鞨最終取得了這一關的勝利，但長孫無忌也是被氣得不行，若非放眼長遠，他還真不想將試題洩露給這個蠢貨。

張久年和祿東贊知曉這是對方洩了題，也頓時心灰意冷，縱使張久年再急智，又如何能夠敵得過別人事先的籌謀和準備？

李治見得吐蕃使者團垂頭喪氣，心裡也是歡喜，如此下去，鞣鞨婚使必定能夠勝出，自己與鞣鞨皇室交好，以後聖上御駕親征遼東，就可調借鞣鞨的兵馬，這樣一來，他李治必定能夠得到聖上的歡心了。

而吐蕃婚使團落敗，自然無法得到賜婚，魏王李泰必定會受到聖上的責備，此消彼長之下，李治距離儲君之位將更進一步！

徐真也意識到事情的嚴重性，否則也不會授意張久年暗中幫助祿東贊，他不能眼睜睜看著歷史被改變，李無雙無法以文成公主的身份嫁到吐蕃，更不能眼睜睜看著慕容寒竹成為李治的得力助手，在李治成為太子之後，與長孫無忌挾持架空李治，攝政弄權。

眼看著李治又要公佈下一題，徐真心急如焚，看了看天氣，頓時急中生智，朝李明達做了個手勢。

雖然婚使的比賽也充滿了趣味，但李明達的目光一直關注著徐真，徐真這邊偷偷做手勢，李明達又與徐真默契非常，瞬間明白了徐真的意思，當即朝李世民說道。

「阿爺，眼看著時候差不多了，剩下的不如明天再比吧，這麼有趣的比賽，每日沒有得看了，那得多無趣……」

李世民本來就只是想過來參加一下開幕，沒打算觀看比賽，只是見得比賽有趣，才停留得久一些，看著此時心愛的女兒嘟嘴撒嬌，也就刮了刮李明達的鼻子，而後朝李治吩咐道。

「稚奴兒，今日就暫時到這裡吧，剩餘的明天再比。」

那些個老臣一個個早已腰痠背痛，聖上一發話，大家頓時輕鬆起來，歡歡喜喜送走了聖駕，又各自趕緊回家歇息去了。

李治雖然迫切想要實現計畫，然則不得不暫停下來，有愧於哥哥李泰，也不敢多做停留，帶著慕容寒竹率先離開了會場。

諸多使節團的人自有鴻臚寺的人接待，官員們紛紛離開，唯獨李泰鬱鬱寡歡，呆坐在原地不見動靜，心腹們知曉李泰心情不佳，也不敢自尋煩惱，一個個遠離守候著。

這李泰註定了要在爭儲之戰中落敗，徐真本不想與之有過多的牽扯，然而李泰在這次婚試之中被李治賣了，若想破壞李治的計畫，使得文成公主成功嫁到吐蕃，不致於歷史發生改變，那麼徐真就需要李泰的說明。

無可奈何之下，徐真只能咬了咬牙，朝李泰走了過來。

「大王緣何如此抑鬱？」徐真的微笑極具親和力，李泰抬起頭來，見得是徐真，連忙跟徐真見禮。

他素來敬重徐真，也正是因此，徐真表示中立之後，他也不敢再派人去叨擾徐真，平心而論，在這一點上，徐真覺得李泰比李治要強太多。

難得徐真主動相問，李泰頓感希望，遂將李治的所作所為都道與徐真知曉，徐真故作驚訝，而後皺起眉頭來，由衷地感嘆道。

「怎會如此！」

李泰也是一聲嘆息，頗為無奈，雖然聖上寵愛他，但如今正值立儲的關鍵時刻，他可不想再讓聖人對他不滿。

「徐家哥哥，我如今是心煩意亂，不知如何應對，敢求哥哥教我行事！」

在李泰的心中，徐真充滿了朝氣，心思也比那些老謀臣要活躍，問計徐真，必定比聽那些老古板囉嗦要有效得多。

然而讓他失望的是，徐真只是顧左右而言他，一如以往，並不想參與到這件事情來，李泰頓時覺得到一種孤獨無援的寂寥感。

徐真稍微應付了幾句，匆匆回了府，此乃欲擒故縱之計，也免得讓人懷疑他跟李泰有所瓜葛。

果不其然，那李泰還是不甘心，到了晚上才微服來訪，徐真連忙將李泰請入書房，李泰才效仿三國劉琦，將房門都關閉起來，向徐真保證，這房中所言之事，絕不會有第三個人知曉，徐真這才故作姿態的長嘆了一聲，與李泰坐下來細細商議。

其實李泰和李治之間的爭鬥，早已從暗處搬上了檯面，隨著征遼越發臨近，立儲之事也很快就會水落石出，然而李泰終究念及兄弟情誼，秉承和固守君子之爭。

沒想到這一次李治率先打破了僵局，開始使用這等卑劣的手段。

李泰也不是好欺辱的人物，先前他就私下央求李世民，明明白白地請求父親讓他當太子，並承諾登基之後好好治國，待得自己百年歸老，就殺了自己的兒子，讓李治來當下一任皇帝。

李世民又不是沒頭腦的主兒，自然不會相信李泰會殺自己的兒子，讓位給李治，但他拗不過這個最疼愛的兒子的請求，最終還是答應了要立李泰為儲君。

然而他終究還是猶豫起來，李泰固然有才，但也只是研究學問的文才，遠遠無法達到李世民保家衛國、開拓疆土的文武雙全標準。

李治雖然怯弱優柔，但深得長孫無忌等一干老臣的支持，這是他的優勢，同時也是李世民忌憚的一個隱患，這也是李世民為何要培養像徐真這樣的年輕將領的原因，就是為了壓制長孫無忌等老謀臣，防止李治上位之後會被把持朝政。

基於這等情勢之下，李泰和李治之間的爭鬥，就變得尤為重要，也是李世民考察兩個兒子才能與心智的最主要表現。

到了這個時候，李泰自然不會再手軟，他早已下了狠心要對付李治，只是他需要得到別人的認可，來堅定自己的決心，而這個人，沒有誰比徐真更合適。

因為他知道，無論徐真會否幫助他奪嫡，最起碼徐真不會將他的意圖洩露出去。

從神勇爵府出來之後，李泰彷彿脫胎換骨一般，他的謙謙儒雅已然不見，眼中充滿了一股駭人的陰鷙。

徐真看著李泰慢慢獨自遠去的臃腫背影，兀自輕嘆了一聲，也不知自己這個決定，是對是錯。

而另一邊，慕容寒竹顯然也警惕了起來，與長孫無忌到了李治府上，連夜商討著可能發生了變故以及對策。

或許明天的婚試，又該是一場讓人期待的比賽，並不僅僅是諸國婚使之間的比賽，更是李泰和李治之間的對決！

第一百三十一章

# 遺愛獻策高陽威逼

或有云：「張而不弛，文武弗能也；弛而不張，文武弗為也；一張一弛，文武之道也。」。徐真正是知曉此等道理，才暗中示意李明達，借助聖上之力，及時叫停了婚試，阻滯了李治的謀劃，否則一鼓作氣之下，李泰必壞了這場盛事，招致聖人所不喜。

且說李泰從神勇爵府回歸之後，仍舊無法靜心，遂連夜來淑儀院見李明達，探聽聖上對此事的姿態，李明達反感李治的作為，遂將徐真之授意告訴李泰，這魏王想起此事前後，害怕不已，越是對徐真感激涕零。

其時李泰受盡恩寵，一出生就被高祖李淵冊封為宜都王，次年三月進封衛王，授上柱國；作為秦王的嫡次子，李泰日後爵位原本最高不過是從一品的郡王，然而李淵卻將其封為了正一品的衛王，而非從一品的嗣衛王，乃繼李元霸之後，對李世民父子極大之恩寵。

到得李世民繼位，於貞觀二年又將年僅九歲的李泰改封越王，並封揚州大都督與越州都督，督常、海、潤、楚、南和等十六州軍事，封揚州刺史，又督越、婺、等六州，不僅不之官，封地更是多達二十二州之多！

而反觀同時受封的皇子李恪，封地僅有區區八州，貞觀五年，李泰在任揚州大都督的同時，又兼領左武候大將軍一職，仍不之官，貞觀六年，又受封鄜州大都督兼夏、勝、北撫、北寧、北開五都督，餘官如故，仍舊並不之官，八年，兼領左武候大將軍的同時，又被授予了雍州牧之職。

這雍州即京兆府，乃大唐王都所轄之地，自此李泰又兼任了掌管西京長安的長官。到了貞觀十年，徙封魏王，遙領相州都督，督相、衛等七州軍事，餘官如故，李世民不僅捨不得愛子就藩，甚至還一度下詔想讓李泰搬進武德殿！

這武德殿臨近東宮，魏徵曾言其乃近儲後焉，當年齊王李元吉就是住在武德殿，得以與李建成互通有無，有鑑於此，魏徵不得不極力諫止，這才作罷。

由此可見，魏王李泰寵冠諸王並非虛言，也正因此，他才恃寵傲物，自覺有資格爭奪皇儲之位也。

待得李承乾謀反被廢黜，作為嫡次子的李泰也就名正言順得以繼承皇儲之位，此乃長幼有序，以中書侍郎岑文本為首的一干老臣，自是支持李泰，又得柴紹公之子柴令武、房玄齡之子房遺愛等眾多朝中新貴力挺，李泰自覺儲君之位十拿九穩。

可偏偏這個時候，李治卻蠢蠢欲動，又得了司徒長孫無忌和諫議大夫褚遂良等人的支持，欲爭奪這儲君之位，褚遂良更是諫言聖上，言道若李泰得勢，晉王李治必定受其所害。

李世民素知自己對李泰過分寵溺，真怕李泰會對李治不利，這才久久無法定下儲君的人選。

這一次李治正面與李泰爭鋒，使得李泰頗為被動，為聖人所不喜，李泰又豈能善罷甘休，遂召來柴令武和房遺愛，連夜商議對策。

這柴令武乃是譙國公柴紹與平陽公主之子，尚巴陵公主，封駙馬都尉，授太僕少卿，常出入內宮，與李泰私交甚密，遂成心腹。

又有梁國公房玄齡次子、太府卿房遺愛，掌管金帛財帑，行走大內，來網勾結，遂成密友。

這廂剛剛坐下，銀青光祿大夫、黃門侍郎兼魏王府事韋挺與魏王府長史杜楚客連袂而來，共商今日之事。

這韋挺幼時與隱太子李建成頗有情誼，武德年間與王珪、杜淹等人一同遭流放，直至當今聖上登基之後，才得了重用，聖人更是將其女許配與齊王李祐為妃，而後李祐謀反事發，他雖沒有受到牽連，心中卻時常記恨。

至於杜楚客，因其子被凱薩殺死，凱薩卻憑藉著徐真之勢安然無事，由是心有憤恨，與韋挺等人密謀著要推舉魏王成就大事。

房遺愛雖為房公之子，卻無乃父之謀，誕率無學而有武力，據說即將要擢右衛將軍了，論及今日之事，房遺愛大言不慚，欲招徠死士來圖謀，諸人也是哭笑不得。

好在杜楚客和韋挺老謀穩重，知曉對症下藥，若要解除當前危機，扳回局勢，只有兩個法子，要麼重新立題，要麼得到李治手中的餘題。

如今聖上對李泰心生失望，想要稟明聖上，重新立題，顯然不太可能，至於如何得到李治手中剩餘的題目，同樣難度不小，幾個人好生商議，卻終究是沒個結論。

正愁雲不展之時，柴令武卻突然想起一事來，連忙問及房遺愛道：「俊哥兒（房遺愛名俊，字遺愛）可曾聽夫人說過武才人之事？」

房遺愛聞言，頓時雙眸一亮！

其妻高陽公主深得聖上鍾愛，與柴令武之妻巴陵公主私交甚篤，得以常結伴入宮，請安吃宴，消遣遊玩。

這宮闈之中，不乏流言蜚語，高陽公主又是個刁鑽的性子，最喜探聽，卻是聽說晉王李治與宮中五品才人武媚有著不可告人的私密，言之有鑿鑿，頗讓人遐想。

武才人乃已故應國公武士彠次女，聖人得聞其容貌儀態，是故召入宮中，封五品才人，賜號「武媚」。

聖上日理萬機，且謹慎自愛而不近女色，自聖皇后薨，越是偏離內闈，諸多嬪妃不得雨露久矣，更漫說才人，且聖人召其入宮，也多有感記其父之意，是故未有寵幸，入宮多時不得常見聖顏，武媚正當青春，自是寂寞難熬，或是與李治勾搭成奸，也猶未可知。

李泰雖忿恨李治之作為，然聽聞房遺愛與柴令武談論此等謠言，心頭兀自不喜，此等要緊事關係皇家顏面，若非與此二人交厚，李泰早就遣人打將出去了。

房遺愛和柴令武又不是蠢人，自然知曉事情牽扯聖上，也萬萬不敢惹惱魏王，然高陽公主雖失寵刁蠻，卻少有謊言，既是如此一說，這武才人該是真與李治有些瓜田李下的糾葛了。

聽房柴二人說得篤定，李泰也是直皺眉頭，若將此事報與聖人知曉，龍顏大怒之下，李治地位勢必不保，然則道聽塗說，又無真憑實據，加上聖人今日對自己多有失望，這等節骨眼上，此事也不便去提。

韋挺卻是個狡詐的老人，聽了李泰的憂慮，不禁搖頭道：「大王此言差矣，二位駙馬並非揭破之意，只要讓他二人得以相見，必教晉王乖乖開口也！」

李泰聞言，心中釋然，遂命房遺愛督辦此事，後者欣然領命而去，與高陽公主密議了一番，這公主也是個不嫌事大的主兒，當即入宮去脅迫武才人。

且說這武媚年方二十，姿色真如出水芙蓉一般清麗，然眼眸之中卻暗含波光，連高陽公主看了都不由為之心動，實乃內媚外純之絕色。

高陽公主素來高傲，見得武媚姿色如此脫俗，心頭妒恨，也不遮掩，直威脅武媚，逼其幫著將李治餘題都給套取過來。

武媚與李治果是兩情相悅，武媚心思玲瓏，固知魏王欲對李治不利，只一味否認，不肯就範。

這高陽公主也不是易與之輩，陰鷙著恐嚇道：「賤婢竟如此無知！若本公主說道與聖人知曉，管妳是真是假，聖人心頭必定留有陰影，且不說晉王如何，單說妳這賤婢，也只能終日囚於冷宮之中，再難見得天日！」

武媚雖也見慣了宮闈的爾虞我詐，卻終究勢單力薄，抵不過高陽公主的威逼，只能忍辱落淚，應承了下來。

李泰得知武媚果真與李治有齷蹉構通，心頭暴怒，對李治更是恨之入骨，又找到了李明達，假意要她當個和事人，相約李治到淑儀院重修舊好，李明達不疑有詐，欣然答應了下來。

李泰又告知房遺愛，使了高陽公主，藉故燒香禮佛，將武媚帶了出來，假扮成小廝，跟在李泰的身邊。

李泰見了武媚真容，果是楚楚可憐，讓人心動，遂帶著到了淑儀院，自己卻藉故離開，只等李治如約而來，必欣喜若狂，武媚由是得以依計行事！

且說李治前番暗中指使，命人彈劾徐真，連著李明達的名聲都要敗壞，自問愧對了這個好妹子，正不知如何討好，聽說李明達命人前來相請，要撮合他與李泰，自以為李泰服了軟，可謂一舉兩得，心頭大喜，帶了諸多禮物就趕往淑儀院。

李明達也是心有無奈，對李治早已失望透頂，卻仍舊懷著良善，終究不願見到兩位哥哥拚死拚活，故而才答應了李泰。

為著李治對自家的所作所為，李明達心傷了數日，無處排遣，又不得見徐真，心裡早已煩亂如麻，今日既然請了兩位哥哥，何不借此機會，將徐家哥哥也請將過來，以解寂寞？反正兩位元哥哥自有話題，她卻能夠與徐真傾訴一番，豈非兩全其美？

念及此處，她也是一掃抑鬱，催促了女武官去請徐真。

徐真正為解題之事傷腦筋，聽聞李明達來請，猜測這丫頭說不定能夠從李治那廂得些隱秘消息，是故風風火火就趕到了淑儀院來。

李明達知徐真要來，臉色頓時紅潤，躲在閨中細細打扮起來，徐真也不客氣，反正對淑儀院熟門熟路，就先四處逛了一下，到得一處偏院，卻聽聞其中隱約有竊竊之聲，繼而又聽聞男女旖旎的喘息，心頭頓時驚奇難平。

這淑儀院乃李明達專屬之地，此時又是青天白日，何來這等醃臢動靜？

驚疑之下，徐真點開了紗窗一窺視，卻見得一男一女兀自卿卿我我，其中一人正是那風流李治，而另一人雖然穿著侍從男裝，一頭青絲卻如瀑般披散，依稀可見媚眼如絲，雙頰似桃，含情待發，卻是一個貌美的女子！

「這李治怎地在此胡天胡地的亂來？」

# 第一百三十二章

# 晉陽公主撞破幽會

人說這懷春少女的心思正如針眼兒一般細，又如海底那樣深不知底，李明達此時乃是憶事臨妝笑，春嬌滿鏡臺，這等女兒心思一打開，便如那飄飄灑灑的春雨，潤雨無聲又連綿不絕。

李明達自知對徐真生了情愫，既緊張興奮，又暗自壓抑，每日困於宮院之中，求之不得，多情只有春庭月，猶為離人照落花，正是平生不會相思，才會相思，便害相思，難得有機會將徐真請來，細細打扮，總覺濃妝淡抹都不適宜，乾脆將頭花兒都扯了下來，興沖沖就往偏殿去了。

找了幾個廳子都不見徐真蹤影，李明達也是氣嘟嘟起來，暗自腹誹道：「大騙子！不好生候著，居然敢四處亂竄，抓著了教你好看！」

嘀咕著又繞了半個殿，轉了個拐角，卻見得徐真正弓著腰，往偏院房間裡窺視，鬼鬼祟祟如蟊賊一般。

李明達氣得直跺腳，心想著徐真定是偷看哪個宮女來著，氣不打一處來，疾行過去就要揪住了徐真的耳朵。

徐真素來警覺，然此時正聚精會神偷聽李治和那宮女的談話，李明達又跟隨周滄等人修習過武藝，有心來拿捏，一下子就揪住了徐真的耳朵！

「好你個色……！」

李明達剛罵出口，徐真連忙捂住了她的嘴巴，生怕這丫頭再鬧騰，一把將她摟了過來，示意她噤聲，又用眼色掃了掃室內，見李治二人毫無察覺，這才鬆了一口氣。

徐真與李明達打鬧慣了，此時摟著李明達脖頸也不覺有何不妥，然李明達既已動了春心，這等曖昧舉動，足以讓其臉紅心動了。

唐風雖開明，然禮法約束也嚴謹，漫說徐真與李明達不是親生兄妹，就算是親生，如此摟著妹子的脖頸，也是有悖常理的輕浮孟浪行為了。

李明達既已將心肝兒許了徐真，見得徐真如此親熱，自然以為徐真對自己也是情有獨鍾，頓時心花怒放，低頭含笑，雙頰泛起紅霞。

徐真並未察覺到李明達的異常，因則他的注意力全數都放在了房內那對男女身上，李明達嬌羞了半天，不見徐真有所表示，連忙抬起頭，卻看到徐真專注房內光景，這才醒悟自己是來抓這個偷窺之狼的。

她見徐真看得專注，嘟囔了一句，舔濕了手指，就要破了紗窗，想要看看徐真到底被什麼給吸引了，然而她的個頭畢竟嬌小，徐真又生怕她再鬧出動靜來，遂一把抱住她的後腰，將她提了起來。

李明達羞臊難當，心裡卻是湧起一股難以言表的興奮和甜蜜，可當她透過小小的孔洞，看清楚室內那對正瘋狂親熱著的男女之後，她徹底的驚呆了！

徐真不識，她李明達又豈會不認得武媚，只是她萬萬沒想到，自家哥哥李治居然會做出這等毀亂綱常喪盡倫理的醜事來。

無明業火三千丈，燒得李明達雙眸發紅，她掙脫了徐真的阻攔，一腳踢開了房間的大門。

李治與武媚長久不見，哪裡還記得這裡是李明達的淑儀院，直到李明達破門而入，身後還跟著一個徐真，二人才慌亂著整理不堪的衣物和凌亂的頭髮。

李明達的眼中滿是悲憤的淚水，李治如此不堪，傷害的是當今聖人，是最疼愛李明達的李世民。

念起父親對這些兄長們的疼愛，想起李承乾謀反坐實了，李世民都不忍殺之，萬般保全，再看看李治如今的所作所為，李明達心如刀絞，憤怒地跑了出去。

李治心頭大亂，若李明達將此事說出去，那一切可都完蛋了！

或許李明達還會顧及兄妹情誼，多哀求一番也能夠保守這個秘密，可她的身後還跟著一個徐真。

自己前段時間才剛剛聽信了長孫無忌的慫恿，暗中指使言官彈劾徐真和李明達，今日他的把柄就落入到了徐真的眼中，真真是天理昭昭報應不爽啊！

徐真也是頭疼不已，沒想到自己會撞到李治和武媚幽會，這二位可是大唐朝未來要坐龍椅的人物，漫說自己不敢洩露半句，就是李明達也不能洩露，否則這兩位當不上皇帝，歷史可就要改寫了！

念及此處，徐真也不敢多留，衝出去追李明達去也，只留下不知所措的李治和武媚。

李治到底是個做大事的人，很快就冷靜了下來，安撫了武媚之後，命人將其送回了宮中，自己卻慌忙回府，將長孫無忌和慕容寒竹召集起來商議對策。

雖然他坦誠相告，但也免不了長孫無忌一番怒叱，這位老國舅可不留半點情面，直言李治敗壞人倫，難以成事，憤憤然拂袖而去，只留下慕容寒竹一個人。

慕容寒竹心頭冷笑，這長孫無忌果真是倨傲獨斷，此時就已經透露出拿捏李治的姿態來，將來勢必為李治所不喜，這不正是自己的絕佳機會嗎？

果不其然，長孫無忌走了之後，李治如同丟了心，只能只能將全部希望都投注於慕容寒竹身上來。

「崔先生，事如燃眉，還請教我！」

慕容寒竹只是微微一笑，好整以暇道：「大王無須多慮，此非危機，實乃良時也。」

見得慕容寒竹一副胸有成竹智珠在握的姿態，李治得以稍安，連忙問道：「先生何出此言？」

慕容寒竹斂了笑容，不急不緩道：「此必是出自魏王之毒計，欲拿捏大王把柄，然事關皇家顏面，他又豈敢宣揚？晉陽公主殿下悌孝有愛，只需大王多加寬慰，必能掩蓋，反倒是暴露了魏王已經開始焦躁不安，忌憚大王之力耳，既是如此，魏王儼然已經落了下風矣！」

「適才國舅爺也問過大王，武才人曾無意詢問過婚試題目之事，想必是遭了魏王的脅迫，若張揚開來，聖人追問，大王可稱武才人受了威脅才不得已而為之，將罪責都推到魏王頭上，少不得一個栽贓陷害手足兄弟的嫌疑。」

李治聽了慕容寒竹的話之後，頓時鬆了一口氣，滿懷欣喜，更是將慕容寒竹視為幕後諸葛，於其心中，地位儼然提高了起來，甚至於連長孫無忌都不如慕容寒竹了。

錦上添花哪個不會，雪中送炭才最使人歡喜，慕容寒竹這番也終究是得了李治的重視，被李治視為股肱，登上了晉王府首席幕僚的位置了。

且說李明達久久無法相信自己的眼睛，回到自己房中仍舊難以置信，直至徐真追上來，這才抹乾了眼淚，怔怔著出神，似乎在回憶李治的點點滴滴，實在不明白從前那位暖人心窩的雉哥兒，何以會變成如今這般模樣。

徐真也只是在旁輕嘆，待得李明達情緒平復下來，才將其中關鍵與目下形勢分析了一番，勸阻李明達將此事深埋心中，不得向聖人交代。

李明達起初還驚奇與憤怒於徐真的言論，可細細想來，終於是弄清楚其中曲折利害，加上徐真巧舌如簧的開導，也就釋然了。

李治和李明達倒是都鬆了一口氣，就只有武媚不得平復心境，她只是一個才人，在宮中勢單力薄，又因姿色出眾而招惹諸多姐妹的妒恨，若事情洩露出去，少不得會被扣上勾搭李治，淫亂宮闈的罪名，最終吃虧的還是她！

正擔憂之際，高陽公主在女婢的簇擁之下，來到了宮中，將武媚從李治那處探聽來的內幕都記了下來，交付丈夫房遺愛，送到魏王府請功去了。

這魏王日前受了李治的委屈，心頭正鬱悶，如今以眼還眼，陰了李治一把，心裡正得意，見得房遺愛又將武媚探聽到的試題內容獻上來，更是心頭大喜。

只是他並不知曉李明達撞破了姦情，他本以為李治與武媚只是清純神交，並未想到那齷齪的肌膚之親上去。

可當他第二天向李治提出，要李治向聖人提議，修改試題內容之時，李治卻欣然答應了，這讓李泰既是疑惑，卻又欣喜，因為他終於又將掌控權給奪了回來！

李世民自是不知一日一夜發生了如此多事，翌日又來到了會場，有了前日之鑒，無論是諸國婚使還是大唐官僚，都有些適應了，不過還是期待著有趣而新鮮的婚試內容。

例行的禮儀過後，聖駕降臨，李泰又重新走上了高臺，對昨日進行了詳盡而全面的總結，致辭文采飛揚，博得諸多文官陣陣叫好。

聖人本就疼惜李泰，又以李泰之文才為傲，見得如此情景，很快就忘記了昨日的不快，看向李泰的目光又恢復了往常的慈祥，唯獨身邊的李明達似乎沉悶了許多，見不到一絲笑容。

李世民素來疼愛李明達，見其悶悶不樂，心事重重，遂軟語相問，然而李明達卻不再傾訴心緒，只是勉強著故作姿態，只道夜寐不良云云。

李泰致辭完畢之後，宣佈婚試正式開始，鞅鞨的婚使昨日表現出眾，想起李治和長孫無忌的不滿，夜裡回去也是將試題內容都熟記在心，只待比賽開始，就能夠一舉奪魁，將公主迎娶回國。

然而他們期期艾艾，卻等不到原先的題目，因為李泰已經換過了全新的題目。

只見得數十名麗人如春日裡的花朵，姹紫嫣紅，爭芳鬥豔，款款上了高臺來，引得全場矚目，咕咕吞咽口水之聲連成一片。

李泰當場宣佈規則，卻是讓在場所有人都驚得目瞪口呆。

這場比賽的規則居然是，公主就隱藏在這數十名麗人之中，哪國的婚使能夠將公主辨認挑選出來，就算勝出！

第一百三十三章

# 無雙受封文成出嫁

上回說李泰聽了房遺愛之策，指使高陽公主脅迫武媚，欲從李治處竊取婚試之題，卻歪打正著讓李明達撞破了李治與武媚之姦情，李治心虛之下，不得不放棄支持婚試之事，又讓李泰扳回了局勢。

李泰有意而為，挑選了三十餘絕色麗人，將李無雙混入其中，讓諸國婚使來猜測挑選，能夠將李無雙挑選出來者，即可勝出。

他也擔心吐蕃婚使沒個眼力，讓別國婚使壞了好事，殊不知張久年仍舊混於吐蕃使節團之中，根本就無需擔憂。

但見這群麗人如春日之粉桃，娉娉嫋嫋十三餘，豆蔻梢頭二月初，媚眼含羞合，丹唇逐笑開，風卷葡萄帶，日照石榴裙，巧笑倩兮，美眸盼兮，各具芳華，亂花迷了諸人眼。

李無雙淡雅清素，臉若銀盤，眼似水杏，唇不點而紅，眉不畫而翠，靜若處子，輕羅小扇白蘭花，纖腰玉帶舞天紗，疑是仙女下凡來，回眸一笑勝星華。

見慣了李無雙戎裝打扮的徐真，此時也是眼前一亮，被李無雙這女兒裝給好生驚豔了一把，心頭已然有些懊悔，這大唐貌美宮女如此多，隨意挑選一個來冒充，不就能夠將李無雙給留下來了嗎？

然而這等事情，聖上不發話，李道宗哪裡敢造次，事關皇家臉面，又無可避免，李無雙見識了戰爭之慘烈，心甘情願犧牲個人而祈盼和平，這等心胸大德，堪比漢時王昭君了。

此時她眉目低垂，微微抬頭，朝徐真這邊凝望了一眼，二人目光相觸，竟充滿了傷感，徐真於心不忍，只能脈脈以對。

直到諸國婚使上前認人，李無雙才低垂美眸，緊咬著朱唇，柔腸百轉。

那靺鞨的婚使也是傻了眼，他們與別國婚使一般無二，哪裡得見過甚麼公主，只能憑著諸女氣質儀態來猜測，遲遲無法得出結論來。

祿東贊心頭大喜，擔憂遲則生變，問清楚了張久年之後，當即故作姿態，一番踟躕徘徊，假意難以抉擇，遊移至李無雙身側，卻裝出眼前一亮的驚奇樣子，而後點出了李無雙來。

諸國婚使見此情形，心中嘲笑不已，這吐蕃才剛與大唐打完仗，絕不可能私下得到溝通情報，如此輕率選擇，難免差錯落敗。

然而不可思議的是，祿東贊居然猜對了！

諸人皆以為奇，聖人都不由對祿東贊側目，命人召喚上來，詢問如何識得公主之緣由，祿東贊早已打好腹稿，讚頌公主儀態萬千，飄然出塵，如暗夜之明珠，鳳立於雞群云云，博得聖人好生歡喜。

既已如此，聖人當即將李無雙封為文成公主，賜婚與吐蕃贊普器宗弄贊，詔令江夏王李道宗持節護送，又大宴群臣與諸國使節，諸人稱頌恩德，皆大歡喜。

雖中途出了些許差池，但李泰這場別開生面的婚試還是頗為驚豔有趣，最終也得以圓滿落幕，聖人又嘉許魏王文治，多有賞賜，李治雖然也得了功勞，卻比李泰薄了許多，心中難免抑鬱。

大事已成，張久年也就從吐蕃使節團之中退了出來，偷偷回到了徐真這邊來，他雖隱秘，卻逃不過慕容寒竹的目力。

以慕容寒竹對祿東贊的瞭解，此人雖高居吐蕃大論之位，然才能有限，又畢竟不是唐人，若無高人指點，又如何能夠如此順利通過婚試，遂暗中關注著使節團的一舉一動。

他也是使節團的一員，對於使節團的人員構成瞭若指掌，張久年混入之後他就注意到，只是不知這張久年是何來歷，如今張久年回歸到徐真這廂，慕容寒竹自然知曉是徐真在吐蕃背後支撐指使了！

慕容寒竹早已將徐真視為最大阻礙，恨不得除之而後快，今番得了這等隱秘內幕，心頭頓時冷笑不已。

李治心有不喜，自然是筵無好筵，於是草草回了府，獨自喝起悶酒來，不多時就有人通報，將慕容寒竹給請了進來。
慕容寒竹知曉李治心有不甘，又勸慰了一番，然李治到底是害怕他與武媚之事洩露出去，越發的消沉與怨憤。
慕容寒竹在吐谷渾王的帳下參謀多年，察言觀色的本事又豈比等閒，對李治心結早有了推敲，當即獻策，不若私下驅使宮人，害了武媚，如此則安枕無憂矣。
李治駭然失色，他與武媚雖不合常倫，然確實兩情相悅，此等狠辣手段，他著實做不來，反倒是慕容寒竹的毒辣，讓他感到有些不安。
慕容寒竹看著李治陰柔不決，心中多有嘆息，卻趁機將徐真暗中援助祿東贊之事說道出來，李治果然勃然大怒，對徐真再無好感，殺武媚與恨徐真這二者，他自然選擇了遷怒於徐真。
慕容寒竹又趁機煽動，說徐真已然歸了魏王李泰，否則這才剛剛與吐蕃打了一仗，又怎會幫助祿東贊，若不打壓徐真，今後必成李泰黨羽，實乃大患。
李治頓時信以為真，揚言要好生教訓徐真，遂問計於慕容寒竹。
後者心頭歡喜，他想要在大唐站穩腳跟，除了依仗崔氏的根基，還需巴結諸如長孫無忌這等朝中權貴，然而最快捷的途徑，自然是輔佐李治，從龍而望天下，則大事可成。
然而徐真對他知根知柢，勢必會從中作梗阻撓，故而慕容寒竹無時無刻不想將徐真給剷除掉。

如今李治主動問計，慕容寒竹敢不歡喜？

「大王，聽聞徐真與李家小姐曾有過私情，不若如此這般……」

李治聽完慕容寒竹的計策之後，心頭抑鬱頓時一掃而光，匆匆入了太極宮，趁著請安之際，向聖人進言道。

「吐蕃乃化外之地，山窮水遠，一路坎坷，出了關又多有盜賊，江夏郡王上了年歲，恐不抵車馬勞頓，雉奴兒斗膽，想請忠武將軍隨行送親，徐將軍於松州之戰有大功，若送親至邏些城（拉薩），必定能夠揚我國威！」

李治先前能夠將婚試之事交給李泰來主持，李世民已經非常滿意，婚試途中生變，李治又能接過局面，展現出獨當一面的才能來，如今又考慮周全，果然是讓人欣慰。

然而李世民也有著自己的考量，徐真曾隨軍征戰吐谷渾，而後又參與松州之戰，通曉異族語言，又有祆教使者的身份，對西北關外民情很熟悉，屢立戰功，確實是送親的不二人選。

可這一路漫長遙遠，送親人員眾多，還帶著諸多工匠和物資，車隊勢必拖遝，少不得走上一年兩載，如此下來，徐真卻是要錯過征遼之事了。

李世民對徐真多有培育，正是希望徐真能夠在征遼之時派上用場，李道宗乃得力老將，今番送親至邏些，已經讓李世民少了一大助力，他又怎會讓徐真再去送親？

慕容寒竹倒是想讓徐真離開長安，如此一來，他就少了一個大敵，沒有徐真從中作梗，他就能夠輔佐李治取得儲君之位。

然而他和李治都低估了李世民對徐真的重視程度，當李世民果斷否決了李治這一提議之後，李治就更加堅定了要除去徐真的決心。

徐真自然不知曉慕容寒竹只利用這小小的提議，就將徐真推到了李治的必殺黑名單之上，此時的他正與李無雙作最後的告別，只不過他還是帶上了凱薩。

凱薩的出現，也表明了徐真的態度，讓李無雙終於死心踏上吐蕃之路。

四月末，晴空萬里，儀仗出城，聖上親自將李道宗等送出了長安，文成公主李無雙正式踏上了長達兩年的吐蕃之旅。

李明達與李無雙向來交厚，哭哭啼啼互道了別離，又相贈禮物留念，想到此生或許再難相見，傷感瀰散，籠罩二人心頭。

李無雙朝徐真這邊掃了一眼，悄悄在李明達耳邊說了些什麼，或許直到這一刻，她終於承認了心中一直不願承認之事，終於能夠體會到李明達對徐真的那種依戀。

送行的人慢慢留了下來，徐真默默看著隊伍漸行漸遠，緊緊拉住了凱薩的手，凱薩微微一笑，心中充滿了甜蜜。

時光荏苒，一如白駒過隙，送親隊伍離開之時，確實在長安城引發了不小的轟動，然而很快就事過境遷，長安城的人們仍舊繼續著自己的生活。

徐真偶爾會想起李無雙，想起松州城外那個山洞，想起跟李無雙一同度過的那個夜晚，但他的心頭已經沒有任何的波瀾。

他每日仍舊到五軍衙門當值，早晚必定拜訪李靖和李勣，閒暇之餘就跟摩崖探討祆教秘典和幻術，晚上有凱薩相陪，修練瑜伽秘術，偶爾還能與李明達這個小丫頭見上一面。

魏王李泰經常送帖相邀，李治那邊仍舊小動作不斷，長孫無忌在朝堂上也從未放過任何打壓徐真的機會，慕容寒竹儼然成為了晉王府的常客，又通過崔氏的勢力和長孫無忌的關照，成為了晉王的正牌幕僚。

六月，意氣風發的慕容寒竹來到了長安西北的金城坊，到會昌寺去拜祭，以酬謝神明之護佑，然而他剛剛踏上山門，背後卻響起了一陣陣的喝斥！

「閃開！都閃開！」

幾名皂衣武士驅趕著寺前的行人與信男善女，掃清了道路，而後一隊人馬護衛著車駕，張揚跋扈而來。

慕容寒竹頓時眉頭為之一皺，在這貴胄遍地的長安城之中，從來不乏趾高氣揚的紈綺之輩，然而當他看清楚車駕裡面的人，以及護衛們身上的標誌之時，慕容寒竹頓時緊張了起來。

# 第一百三十四章 慕容毒計辯機身死

且說慕容寒竹到了這會昌寺來祈福禱告，偏偏遇上了張揚跋扈的華貴車馬，看那些個家將僕從的服飾和車馬標誌，赫然是高陽公主的人手！

這高陽公主深得陛下恩寵，十二歲就由陛下許配開國名相房玄齡次子房遺愛，也算是冊封與出嫁較早的一位公主，到得現在也不過十六、七歲，卻已經為人婦四五年時間了。這位公主可是出了名的恃寵嬌縱，動輒發怒，性子也是喜怒無常，乖張刁蠻，連房遺愛都拿她無可奈何。

只是從未聽說這高陽公主有禮佛之心，慕容寒竹於是留了心神，閃過道旁，待得車馬過去了，就跟著高陽公主的隊伍，進入到會昌寺來。

會昌寺也算一方名寺，早些時候，大法師玄奘西遊歸來，聖上舉行了隆重的歡迎儀式，並在長安弘福寺首開譯場，這會昌寺僧人辯機才華過人，由魏王李泰推薦，得了法師認可，以諳解大小乘經論、為時輩所推之資格，被選入玄奘譯場，成為九名綴文大德之一，會昌寺也由是得以傳名。

慕容寒竹博學百家，在吐蕃之時也接觸過佛門高僧，雖吐蕃紅黃與正統佛宗有所區別，然一脈同宗，慕容也多有涉獵，進得寺廟來，仗著晉王府幕僚身份，與名僧辯機見過數面。

這辯機也是個人物，遠承輕舉之胤，少懷高蹈之節，容貌俊秀英颯，獨具慧根，佛緣深厚，十五歲時剃度出家，師從長安城西南永陽坊大總持寺大法師道岳，而後道岳法師到普光寺為住持，辯機則入駐如今的會昌寺，潛心修佛，頗有名聲。

慕容寒竹乃文人雅士，又歷經滄桑，與辯機相談甚歡，是故常有往來，今日見得高陽公主來會昌寺，自然有些訝異。

他與辯機往來熟悉，寺中僧人也不禁足，任其隨意出入內舍，眼見高陽公主與貼身侍從入了大殿後院，慕容寒竹連忙跟了過去。

又走了幾進院落，高陽公主連侍從都丟了下來，竟獨自已然往後山而去，慕容寒竹更是驚訝，尋了幽深僻靜的捷徑，偷偷跟蹤著高陽，直至後者入了一間孤僻禪房，慕容寒竹才停止了腳步。

因為那禪房的主人，正是會昌寺名僧，辯機！

漫說高陽乃堂堂公主，又出嫁為婦人，就算她是個尚未出閣的尋常人家女兒，與僧人如此詭異相見，也是敗壞了人格風俗之事，若宣揚出去，豈不是一樁大大的醜事！

慕容寒竹不忍看到辯機受難，然高陽公主乃太府卿房遺愛之妻，而房遺愛則是魏王李泰最得力的助手之一，若將此事牽扯到魏王身上，又何愁皇儲之位不旁落。

李泰多結納文士，飽讀詩書，對佛宗更是深感興趣，聖人感其好學，遂命其接待玄奘法師，李泰又常常到會昌寺等寺廟之中來，與諸多得道高僧講論道理，與辯機交往匪淺，也正是因此，才將辯機推薦給了玄奘法師。

慕容寒竹正是因為這等關係，才故作信善，結交辯機，希望能夠從辯機的身上，尋找李泰的破綻，然而未曾想到的是，這辯機居然跟高陽公主有著此等見不得人的勾當！

也該是慕容寒竹走大運，偏偏就碰上了這等事，為求證實，慕容寒竹也不敢大意，偷偷從幽徑穿了過去，偷入到隔壁禪房之中，貼牆那麼一聽，果然聽聞隔壁傳來不堪入耳的污穢聲音，於是證實了高陽公主確實與辯機和尚有染。

這辯機面容英俊，身長膚白，劍眉星目，紅唇皓齒，又博學多才，而高陽久為人婦，卻又厭惡了瑣碎婚姻家事，房遺愛忌憚高陽的刁蠻性格，只能寵愛府中女婢，又流連教坊來排遣，與高陽可謂同床異夢。

高陽初見辯機就已然傾心，而辯機久不入紅塵，哪裡經受得住高陽的誘惑，諸多手段施展出來，顛鸞倒鳳，未嘗過女人滋味的辯機，當即淪為高陽的裙下之臣，二人苟且已久，你情我濃，分化不開。

慕容寒竹既得了這等驚天內情，慌忙回府，好生考量策劃，這才到了李治的晉王府，將此事一五一十告知李治和長孫無忌，二人歡天喜地，終究是拿捏到了能夠將李泰比下去的籌碼了。

李治素知高陽公主性格高冷倨傲，然高陽並非庶出，卻得到聖上歡心，李治早已心有記恨，如今得了這消息，直呼老天眷顧，當即命人在會昌寺守著，又差使了密探，日夜跟蹤高陽公主，勢必要來個拿奸拿雙！

然而觀察了幾天下來，高陽公主並未頻繁出入會昌寺，反而進了神勇爵府。

密探回報之後，李治也是又驚又疑，難不成徐真也淪為了高陽公主的面首不成？

這倒是李治冤枉了徐真，這高陽公主雖然年紀不大，但樣貌不算出眾，在徐真看來，連中人之姿都算不上，徐真又豈會與她有所牽扯。

徐真需要李泰的力量來驅逐李治身邊的慕容寒竹，是故與魏王府越發親近，李明達又不喜李治，反過來支持魏王李泰，徐真也漸漸與李泰等人走得近了起來。

雖然有些違背初衷，也知曉李治遲早要登上帝位，然徐真確實不喜李治之所為，更忌憚長孫無忌和慕容寒竹今後會挾持李治以攝政，不得不利用李泰來稍加壓制。

高陽公主是個乖張之人，嘗私下命掖庭令陳玄遠在禁宮之中施展秘術，祈問鬼神，並推演星宿，又擅自利用巫術來陷害諸多公主和嬪妃婕妤，不啻於大逆不道，聽聞徐真乃祆教神師，是故常常出入神勇爵府，向徐真求問天機。

徐真雖然熟諳祆教聖經，然並非真的能夠未卜先知，所依仗著只不過是腦中記憶的史料和野史雜聞耳。

這高陽公主雖然性格不好，但一來二往也眼熟了起來，對徐真也是出手大方，動輒贈送金銀珠寶，毫不吝嗇，徐真也不忍見其落難，遂旁敲側擊，讓她遠離佛門淨地，否則必將招引殺身之禍。

高陽公主與辯機和尚有染多時，聽聞徐真如此暗示，頓時將徐真視為神人，三天兩日就來問安，並收斂了行止，不敢再與辯機往來。

李治的人手蹲守了十天半個月，卻不見高陽與辯機苟且，只見得高陽不斷出入神勇爵府，就將徐真列為高陽之情夫，時刻密切關注著，希望能夠網羅到證據。

神勇爵府的下人本來都是李治找來的，然而李承乾東宮之變的時候，侯破虜在神勇爵府燒了一把火，又將這些奴僕全數殺盡，後來補充的奴僕卻是魏王李泰的人。

如此一來，李治想要在神勇爵府之中安插親信都辦不到，又守了十幾天，毫無所得，又將慕容寒竹等人都召集起來商議。

慕容寒竹本就是歹毒之人，初時還疼惜辯機無辜，如今見得高陽沉迷於神勇爵府，不再與辯機往來，又將此事遷怒徐真，心頭早已恨之入骨，為引了高陽公主現身，遂命人暗中潛入到會昌寺之中，將辯機給刺傷了！

高陽公主聽聞辯機重傷，哪裡還顧得了徐真的囑託，慌張張就微服到會昌寺之中，偷入禪房於辯機相見。

二人重新見面，歡喜自不必說，情難自已，又胡天胡地翻雲覆雨了一番，風停雨歇之後，高陽將徐真之警告說道出來，這辯機也是信鬼神的人，不敢再強求高陽相見，二人遂互換了珍惜之物，以慰相思之苦。

這辯機身無長物，遂將所戴寶珠贈與了高陽，高陽則將送了個浮屠寶枕給辯機，二人纏纏綿綿又不舍，忍不住又亂來了一通，這才戀戀不捨地分開。

密探將詳細都報了回來，慕容寒竹和李治頓時大喜，長孫無忌遂督促御史前往會昌寺，調查辯機被刺之事，細細搜索之下，將高陽所贈之寶枕給搜了出來！

這寶枕乃高陽私有，宮中之物，辯機無法掩蓋，只能明言是高陽公主所賜，這等私密之物都贈予辯機，由是揭發了二人的苟且關係！

御史表奏聖人，聖人勃然大怒，腰斬了辯機，殺高陽公主身邊奴婢十餘人，高陽公主於是失寵。

而此番醜事又將辯機與高陽的諸多密友都牽扯了出來，辯機臨刑前更是托人向魏王李泰求救，而辯機之所以能夠成為玄奘大法師的九名綴文大德之一，正是因為得了魏王李泰的引見！

慕容寒竹等人的有心渲染之下，聖人越發覺得，若無魏王李泰從中為媒，高陽根本就不會結識辯機，更不會發生這等讓皇家羞辱之事來！

為了此事，聖人將魏王李泰召入宮中，狠狠地教訓了一番，更是命李泰關閉文學館，不得再招納民間混亂之人！

魏王自小受寵，何時被聖人如此斥責過，心有憤怒，又受李治汙害，委屈難當，當即大罵，必殺李治以洩憤！

李世民原本還有意立魏王為儲，如今卻是遲疑了，若今後李泰登了大位，李治勢必性命難保，雖明知自古以來，廢長立幼，乃取亂之道耳，然事有所出，聖人只能不得已而為之。

李治想來柔弱寡斷，若立為皇儲，李泰則相安無事，可如果立李泰為皇儲，他日李泰登了帝位，勢必要殺李治！

到了這等時刻，李世民不得不做出決定，立李治為儲。

第一百三十五章

# 即將征遼徐真先鋒

且說李泰揚言必殺李治，這消息到底傳入了長孫無忌耳中，便掇使了諫議大夫褚遂良來進言，只道本是同根，相煎何急，若立李泰為儲，則李治乃至於被廢的李承乾都難以自保。

李世民深知青雀兒的性格，又知曉李治與李泰儼然結下了深仇，若自己再拖延，勢必會引發新一輪的宮廷鬥爭，是故猶豫再三，李世民終究是放棄了魏王李泰，改立晉王李治。

岑文本等一干支援李泰者，自然要在朝堂之上辯駁爭取，然李世民心意已決，於朝堂上宣講道：「承乾悖逆，泰亦兇險，皆不可立也！」

未過得幾日，聖上親臨承天門，下詔冊立晉王李治為太子，言稱：「我若立泰，則以為太子之位可經營而得之，自承乾失道，藩王窺伺者，皆兩棄之，傳諸子孫，永為後法，且立泰，則承乾與治皆不全；治立，則承乾與泰皆無恙矣！」

李泰心知奪嫡失敗，惶惶不可終日，未得幾日，聖人即解除其雍州牧、相州都督、左武侯大將軍等一應職務，降為東萊郡王，王府一眾幕僚官員，凡屬李泰親信者，盡皆流放嶺南！

李泰心有不甘，又恃寵而求之，到聖人面前大哭哀求，聖人於心不忍，只得改封李泰為順陽王，將其遷出長安，徙居均州鄖鄉縣。

李治既已入主東宮，遂開始組建自己的人脈，聖人又以長孫無忌為太子太師，于志甯為太子少師，尚書左丞張行成為太子右庶子，連那高季輔也得了太子左庶子，而慕容寒竹正式進入大唐官場，授太子洗馬，又得了朝議大夫等虛職，得以成為東宮要人。

徐真早知李泰不能成事，然李治又輕信長孫無忌和慕容寒竹，使其不得不疏遠了李治，如今李治上位，成了東宮主人，自然要對徐真下手。

只是李治剛成儲君，若恣意妄為，少不得會讓岑文本與蕭瑀等老臣彈劾，是故暫時放過徐真，又聽了慕容寒竹的提議，遣人與徐真往來交好，以輕其心。

徐真知曉自家與李治是無法重修舊好，他只希望李治能夠遠離慕容寒竹這等毒士和長孫無忌這樣的權臣，以免今後被把持。

立儲之事既然已經安定下來，聖人也是了卻心事，隱忍長久的征遼之事，終於如約而至，新羅已經數次求援，聖人又按捺不住，最近的朝議都以征遼事宜為重中之重。

在這個節骨眼上，營州那邊卻傳來消息，高句麗竟然斗膽把我大唐的使者給拘了起來！

新羅善德女王傳書求援之後，聖人曾派司農丞相李玄獎到高句麗下令，要高句麗和百濟停止攻打新羅，然而淵蓋蘇文卻拒絕了聖人的要求，繼續攻打新羅，高句麗與大唐邊境至此摩擦不斷。

就在一個月前，高句麗的人馬開始有所動作，營州都督張儉遂命人前往斡旋，然而高句麗那邊卻將我大唐使者給拘拿了起來，這分明是在向我大唐帝國挑釁了！

聖人怒不可遏，商議征遼，可又有諫議大夫褚遂良出列反抗，言稱隋煬帝正是因為三征遼東而亡國，大唐其時雖富強，然常年征伐，民眾難得安樂，不可重蹈覆轍云云。若換了別個君主，褚遂良這番話早已引來了殺身之禍，幸我大唐聖人素來寬仁能容，但仍舊駁了諫議大夫褚遂良的諫言，執意征遼，並決意派遣先鋒，前往營州，與營州都督張儉聯合，為大軍前鋒。

李治正愁沒機會整治徐真，聽聞要派先鋒前往營州，遂建議由忠武將軍徐真擔任，其時徐真乃上府折衝都尉，又歷經數次大戰，雖稱不上常勝將軍，但也是個久戰的老將了。

聖人早想培養徐真，遂遷徐真為營州都尉，兼幽營巡檢，即刻前往營州巡察監督，協助營州都督張儉，以及幽州刺史高履行，統率幽、營二州府兵，聯絡契丹、奚與靺鞨等屬國軍馬，先行刺探高句麗虛實。

徐真乃風頭紅人，從軍府到了地方，又親封了巡檢，也就意味著聖人正式開始重用徐真了！

徐真本就不願呆在長安這等勾心鬥角之地，且早先他就收到了密報，那被俘的大唐軍使者不是別人，正是先前派往營州的秦廣！

秦廣乃徐真帶出來的勇武營統軍，吐谷渾之戰時與徐真等人並肩而戰，生死相依，如今兄弟落難，徐真又豈可坐視，當即囑託明白，只留摩崖在爵府之中養老，其他一干人等收拾了細軟，不日與徐真前往營州。

李治本想著讓徐真到營州前線去吃苦，沒想到聖人居然會將營州都尉這樣的軍方要職交給了徐真，更是賜了個巡檢使的頭銜，這可謂代天子巡視了！

且在朝堂之上，聖人對徐真多有嘉勉，又欽賜了衣甲，更是准許徐真和紅甲十四衛沿用天策之名，多有賞賜，足見聖人對徐真之青睞！

徐真回府之後，諸人也收拾停當，周滄等人聽聞秦廣落入敵手，又即將與自家主公上戰場去打拼，心裡也是雀躍不已。

而張素靈出身教坊，雖然有些小聰明小古怪，然到底只是個玲瓏少女家，徐真也不想她跟著冒險，可這小丫頭卻執意要跟從徐真，無奈之下，也只能任由她跟著去了。

朝中諸多官員貴冑既看出聖人對徐真之鍾愛，又怎會放過這等巴結的機會，一時間爵府門庭若市，送行者踏破門檻，徐真一律來者不拒，收禮都收到手軟。

又到李靖和李勣家中拜會了一番，徐真才想起還有一個人，猶豫了一下，最終還是沒有到淑儀院去道別。

李治憤憤歸了東宮，召來慕容寒竹等人商議，此番必定要趁著聖人未來得及御駕親征，將徐真徹底留在營州，否則今後必成大患！

其實徐真並無爭鬥之心，因著他早已知曉李治遲早要登上大位，可抵擋不住慕容寒竹和長孫無忌這兩個佞臣的唆使，讓李治將徐真視為眼中鐵刺，非要處之而後快。

營州都督張儉乃高祖李淵的從外孫，與長孫家素來有緣，幽州高履行又是高士廉長子，而高士廉此時正是太子太傅，二人都是李治手底下的人，拿捏一個徐真，還不是手到擒來？

李治又是放心不過，命慕容寒竹親自前往營州與幽州，溝通兩邊人馬，從中作祟，決不能讓徐真再這般發展下去。

慕容寒竹自是欣然領命，告別了崔氏本家，急匆匆先徐真而行，前往幽州拜會高履行。

且說徐真終於是要離開長安，這日晴空萬里，帶著三百親兵，又暗藏了驚蟄雷，一切準備停當，正是出了府。

眼看著就要出了明德門，卻見一匹火紅大馬從朱雀街上疾馳而來，不正是李明達那小丫頭嗎？

長安重地，除了李明達，何人還敢如此縱馬。

這丫頭截住徐真，凱薩也是識趣地回避，給二人留下說話的餘地，與張久年、周滄等率先領了人出城。

徐真苦笑不已，他正是不想讓這丫頭有所牽掛，這才不辭而別，李明達雖然與自己結下兄妹情誼，但徐真又如何不知這小丫頭的那點曖昧心思，只是他徐真實在不想牽扯宮中爭鬥，是故不願與李明達有太多的男女之情。

然而李明達早已心許了徐真，又如何肯放過，見徐真還笑得出來，下了馬就要喊打喊殺，眼中卻含滿了淚水。

她氣憤的並非徐真不辭而別，而是徐真又要到前線去出生入死，這大騙子向來貪生怕死，可每次總要往戰場上鑽，這不是存心讓人牽腸掛肚嗎？

徐真也不知該如何開口，憋了徐真只是輕輕在李明達的頭上敲了一記，瞇著眼笑道：「乖乖的。」

不等李明達回話，徐真就牽馬出了明德門，頭都不回，只是朝身後的李明達揮了揮手。

李明達死死捏著拳頭，看著徐真漸行漸遠的背影，卻不知該對他說些什麼，等到徐真走遠，她才回過神來，慌忙狂奔過去，從後面死死的抱住了徐真。

這明德門乃長安南大門，人流如潮，城頭更是有重兵把守，李明達這麼一個青澀女兒家，不顧光天化日，將徐真給抱住，雖唐風開放，也足以引人側目了。

況且李明達身後還跟著長身而立，劍甲鮮怒的一眾女武官，這等架勢，又如何讓人不關注。

可李明達根本就不理會這些，彷彿徐真這一次離開，就難以回來一般，死死不肯鬆手，她的身子已經長開，此時已經是個亭亭玉立的大姑娘家，如此親昵，徐真也不免臉紅心跳，連忙將她輕輕推開。

「丫頭，多入宮陪陪聖上老人家，相信不久他就要御駕親征了……」

徐真也不明白自己為何要這般冷淡，顧左右而言他，李明達眼色頓時黯淡，可咬了咬下唇，她還是昂起頭來。

「徐家哥哥，你過來，我有話說……」

徐真見她招手，稍稍彎下身子，將耳朵湊了過去，李明達卻是一巴掌打在了徐真的臉上。

這一巴掌可把徐真給打懵了！

都說少女心海底針，李明達素有賢慧之名，但只有徐真才知道她私底下是多麼的刁蠻任性，或許這個在別人眼中聰慧懂事、知書達理的晉陽公主，也只有在徐真面前，才肆意任性吧。

「丫頭……」

徐真話還沒開頭，李明達已經扭頭走開，只剩下一臉莫名其妙的徐真，以及臉上那個紅燙的巴掌印。

李明達沒走出幾步，眼淚就落了下來，兀自低聲喃喃道：「疼嗎？或許這樣就能記住我了吧……」

唐師肆章　禍起蕭牆　完

ACP0067

# 唐師 肆章：禍起蕭牆

作　　者─離人望左岸
編　　輯─黃煜智
封面設計─莊謹銘
內頁排版─李宜芝
董 事 長
總 經 理─趙政岷
出 版 者─時報文化出版企業股份有限公司
10803 台北市和平西路三段 240 號四樓
發行專線─（02）2306-6842
讀者服務專線─0800-231-705、（02）2304-7103
讀者服務傳真─（02）2304-6858
郵撥─1934-4724 時報文化出版公司
信箱─台北郵政 79 ～ 99 信箱
時報悅讀網─www.readingtimes.com.tw
電子郵件信箱─ctliving@readingtimes.com.tw
時報思潮線─www.facebook.com/trendage
法律顧問─理律法律事務所 陳長文律師、李念祖律師
印　　刷─盈昌印刷有限公司
初版一刷─二〇一五年十一月十三日
定　　價─新台幣二五〇元



國家圖書館出版品預行編目資料

唐師 初章 / 離人望左岸作 . -- 初版 . --
臺北市 : 時報文化 , 2015.11
面 ;　公分

ISBN 978-957-13-6437-7( 平裝 )

857.7　　104020463

ISBN 978-957-13-6437-7
Printed in Taiwan